经典名剧盛装重现
赏阅古典戏剧之精华
感受中国传统艺术之美

中国古代传世名剧故事

浣纱记

寻亲记

刘炎平 解艾玲／编著

天津出版传媒集团
天津教育出版社
TIANJIN EDUCATION PRESS

图书在版编目（CIP）数据

浣纱记　寻亲记 / 刘炎平，解艾玲著．-- 天津：
天津教育出版社，2013．1
（中国古代传世名剧故事）
ISBN 978-7-5309-6970-0

Ⅰ．①浣…　Ⅱ．①刘…　②解…　Ⅲ．①戏剧文学—故事—作品集—中国—当代　Ⅳ．①I247．8

中国版本图书馆CIP数据核字(2012)第296208号

中国古代传世名剧故事
浣纱记　寻亲记

出 版 人	胡振泰
编　　著	刘炎平　解艾玲
选题策划	王轶冰
责任编辑	谢　芳
装帧设计	郭亚非
插　　图	王　静
出版发行	天津出版传媒集团 天津教育出版社 天津市和平区西康路 35 号　邮政编码 300051 http://www.tjeph.com.cn
经　　销	新华书店
印　　刷	唐山天意印刷有限责任公司
版　　次	2013 年 1 月第 1 版
印　　次	2013 年 1 月第 1 次印刷
规　　格	16 开(787×1092mm)
字　　数	106 千字
印　　张	12.75
定　　价	25.00

·卷首语·

本套丛书从浩如瀚海的中国古典戏剧作品中精心挑选出三十部传世名作，将其改写成通俗易读的戏剧故事，呈现在读者面前。

由于这些传世名作本身具有情节集中、高潮迭起、人物形象活灵活现、剧情内容生动感人的特点，而改编后的每篇戏剧故事，又都经过精心剪裁，布局合理，结构严谨，脉络清晰，叙事流畅，文字清新，语言活泼，在充满时代气息的同时又保留了原剧作中的人物形象、故事情节、思想内容和语言精华，因此通而不俗，深而不奥，雅俗共赏，老少咸宜。这就既为有一般阅读能力而古文基础不足的读者，提供了分享这些前人创造的艺术精品的机会，又引导他们从中领略到这些传世名作原有的意蕴和韵味，从而加深对祖国传统文化精华的了解和热爱。

因全书篇幅较大，为方便读者，我们将其分为十二册出版。这是本书第九册，包括《浣纱记》《寻亲记》等两篇传世名作。

目录

浣纱记

那勾践在石室之中，含羞忍辱，抱怨衔恨，满腔去国怀乡之愁，恰似一江春水滚滚东流。尤其是每当夜雨缠绵，心事阑珊，薄衾不耐五更寒时，那种『天上人间』的失落之感，便像利剑般袭上心头。

浣纱记

这个故事发生在我国历史上的春秋末期，距现在差不多两千五百年了，但至今仍被人们津津乐道。故事中的主要人物范蠡、西施、夫差、勾践等……似乎仍然活在我们中间。

本文是根据明代梁辰鱼的同名传奇剧改编的。

梁辰鱼（约 1521—1594），字伯龙，号少白，仇池外史，昆山（今属江苏）人，太学士，熟悉戏曲音律，是明代有名的戏曲作家。大约在音乐家魏良辅对昆腔进行加工整理的同时，他创作了以昆腔演唱的传奇剧《浣纱记》，对昆腔的发展和传播有相当的影响。另外，他还创作了杂剧《红线女》《红绡》等作品。现仅存《浣纱记》《红绡》两种。他写的散曲集有《江东白苎》《二十一史弹词》等。

《浣纱记》原名《吴越春秋》，写春秋时吴越两国相互攻伐，越为吴所败，越王勾践卧薪尝胆，又用范蠡计，向吴王夫差进献浣纱女西施，并离间吴国君臣，终于灭吴。功成之日，范蠡弃官同西施泛舟而去。剧本对越国君臣发愤图强的精神和伍子胥的忠义加以歌颂，对夫差的骄奢淫逸和伯嚭的贪鄙则痛加鞭挞，对范蠡和西施牺牲自己的爱情和青春以换取天下社稷的情操，表现了深切的同情和赞许。

《浣纱记》自问世以来，一直受到群众喜爱。其中的《打围》《寄子》等折，曾多次被后人改编上演，成为脍炙人口的传统剧目。

一天，越国上大夫范蠡在繁忙的公务之暇，见春和景明，柳舒花放，便暂解印绶，改换衣裳，来到乡间观风问俗。行至山阴道中，只见千岩竞秀，万壑争流，烟云缭绕，草木葱茏。

范蠡看了，不由得脱口称赞：好一派如诗如画的美丽景致！他觉得整个身心都沉醉了。此时此刻，一切贫富贵贱，名利宠辱，全都忘到了九霄云外。

转眼来到诸暨境内苎罗山下若耶溪旁，只见一位貌若天仙的浣纱之女，正站在清泠泠的水边想心事。范蠡看得暗暗吃惊道：不意世间竟有如此国色天香的美貌女！若非采药之仙姝，定是避世之毛女。想到此处，忍不住走上前去，含笑问道："小娘子家居何处？姓甚名谁？缘何在此？请道其详！"

"客官万福！"那女子复了一礼，面带羞涩回答："小女子就住在这苎罗山下苎罗村中。寒家姓施。因世居西村，故人唤西施。其实小女子名为夷光……"

"哦，西施，施夷光，好一个美艳动人的名字！"范蠡目不转睛地打量着她道。"不知小娘子青春几何？可曾适人？"

"这个……"西施被范蠡那有些唐突的话问得面红耳赤。但迟疑片刻，她仍落落大方地回答："小娘子年方二八，并未适人。"

"这是为何？"范蠡问。他觉得在这个年轻美貌的女孩儿面前，似乎有说不完的话。

西施显然也感到这个文质彬彬的陌生人和蔼可亲，她看了范蠡一眼，低头回答："居住偏僻，家又寒微，照面盆为镜，盘头水作油，年年为他人做嫁衣裳，夜夜向邻居家借灯火。故而貌虽美而莫知，年及笄而未嫁……"

"哈哈！看来小娘子自己也知道自己是美貌过人的了！"范蠡听得忍不住大笑道，"实不相瞒，小娘子！下官便是越国上大夫范蠡，寻春至此，不意有缘见到小娘子……"

"啊！原来是范大夫！"西施微微一惊，立刻敛容正色郑重施礼道："小女子不知贵人光临，失于回避，还请大人恕罪！"

"说哪里话！说哪里话！"范蠡忙不迭拦住她道。"小娘子上界天仙偶谪人世，下官得遇，已属天缘，小娘子何罪之有！"

他见西施满面绯红，娇艳无比，情不自禁走近一步，问西施道："下官有一句话想对小娘子讲，不知当与不当？"

西施颔首敛眉回答："大人有话，但讲无妨。"

"好！既如此，下官便直言不讳了。"范蠡竭力按捺住自己突突的心跳，思忖片刻，缓缓开口道："小娘子，下官不敢容隐：我乃楚宛人氏，一向倜傥不群，佯狂玩世，幼慕阴符之术，长习权谋之书，既善以奇计用兵，又能以正策守国。怎奈时运不济，年长无成，忘情故乡，游宦异国。幸蒙越王擢拔，方得侧身于大夫之上。小娘子既未嫁，下官亦未娶，不知小娘子可否与下官同居丘壑，以结姻盟？——若小娘子应允，少停旬月，下官当遣冰媒，到小娘子父母面前去提亲！"

“噢，这个……”西施低头沉吟许久，方才款款回答：“多谢大人厚爱！只是小女子蓬茅陋质，田野村姑，只怕与大人相差悬殊……”

“这个不必过虑!”范蠡不等西施把话说完便急忙接着道，“只要小娘子应允，别的话就不必多说了。小娘子只须待下官奉遣冰媒前来求婚便是。小娘子，你可千万要等着下官，莫适他人啊!”

“大人放心!”西施发誓一般回答：“蒙大人不弃，小娘子得荷丝罗之托，岂敢三心二意，言而无信？小女子只专心等大人遣人来便是!”

“太好了！太好了！”范蠡喜不自胜道，“下官今日微服出行，不意有此异遇。身无长物，不知可否借小娘子所浣白纱，权作江皋之佩？你我持此为定，勿背前盟，如何？”

“但依大人。”西施微微一笑道，“只是小物轻贱，不足为赠。还望大人不要见笑。”

说着从自己已经浣好的一篮细纱中，小心翼翼抽出一缕，轻轻递到范蠡手中。

范蠡接纱在手，仔仔细细收进袖中，把西施上上下下打量了又打量，这才满怀深情依依作别道：“多谢了，西施！天色不早，下官该回去了，就此告辞。咳！这真是感卿赠我一缣丝，欲报惭无明月珠啊！——保重！保重！”

“大人保重！”西施施礼回答。

眼看范蠡潇洒的身影步步远去，终于消失在苍苍茫茫的暮色之中，她忍不住面红心跳，呐呐私语：范郎，范郎！劝君不必赠明珠，犹喜相逢未嫁时……

范蠡回到府中尚未坐定，越王勾践便差宫内侍臣前来召唤，说有要事相商。

范蠡不敢怠慢，连忙换过官服，佩好印绶，随内侍一道来至王宫。只见下大夫文种早已站立在宫门口等候召见。

“二位贤卿请坐！”勾践不待他们施礼完毕，开口便道：“今日召二位贤卿来有要事相商。二位贤卿知道，寡人隔绝中华，生长东鄙，自神禹到前王，历经四十余世，两千多年，至今文不足以安邦，武不足以定国，仅能上承宗社，下守边疆。不料近年以来，兵连吴地，吴王逞凶，侵我疆界，越国招祸，奋起抗争，始击之于槜李，复败之于姑苏。我臣灵浮操戈而直前，彼主阖闾伤指而走死。嫌隙既构，怨怒愈深。如今吴国嗣主夫差每日在长洲练武，勇将伍员时常在笠泽耀兵。吴国君臣有吞噬之志，而寡人此处无拒敌之谋。

不知二位贤卿有何安国定邦之计?”

“启奏主公!”勾践话刚落音，范蠡便开口回答：“臣闻以大事小者为乐天，以小事大者为畏天。以越吴两国情势而论，相差悬殊，我根本不可与吴抗衡。故而，竭尽全力去伏事吴国，乃势所难免。”

“唔?”勾践听得双眉紧皱道，“如此说来，寡人便只有畏天一途了?”

“上大夫所言有理。”文种接过话道。“以臣愚见，当今只有高城深池，效死戮力，行仁修德，听天由命，方是一条出路。否则……”

“否则如何?”勾践睁大了双眼。

“否则……”文种略一迟疑，还是如实回答：“否则后果堪虑，说不定……说不定还有亡国之灾。”

“有那么可怕?”勾践满脸不服气道，“难道寡人就只有降吴称臣，受制于吴王夫差一条路可走?”

果然不出范蠡文种所料，为时不久，吴王夫差便调兵遣将，以铺天盖地之势向越国压将过来。越国将士虽同心戮力，奋勇抵抗，无奈吴强越弱，众寡悬殊，结果竟如春冰之遇夏阳，秋叶之逢疾风，接二连三败下阵来。

眼见得吴国十万名兵将强渡西陵，勾践不得不急召范蠡文种商议对策。范蠡认为吴强我弱，众寡不敌，主张深沟高垒，以逸待劳，避其锋芒，坚不为战，略略等他十天半月，那吴兵粮尽兵疲，自然不战而退。文种却认为，当今之计，敌兵压境，不如乘其营垒未定，主动出击，掩袭进攻，或许可以以寡敌众，以弱克强。因此他主张决战图存，反对束手待毙。

勾践听了，觉得文种所言有理，便不顾范蠡一再劝阻，断然决定兵分两路，由范蠡、文种各领一路，前去与吴军决一死战。结果越军未至西陵，吴军早已渡江杀来。两军在夫椒地方相遇，摆开阵势大战三场，越军被吴军杀得落花流水，溃不成军。吴军在吴国名将伍子胥指挥之下，乘胜追击，一举攻陷越国京城会稽，将勾践君臣团团围困在会稽山上。

眼见得自己被四面吴兵密匝匝围得铁桶一般，勾践急得当范蠡、文种面放声大哭道：“想俺勾践久作江东奇士，也是一位海上寡君，常思奋翼直冲云霄，谁知今日竟然跌入粪壤之中！如今被夫差穷追猛打，躲在会稽山上，故国两千年之社稷尽被凌夷，祖宗数十世封疆皆为蹂践。俺如今既无寸土立孤身于地上，有何颜面见祖宗前王于地中！俺好悔也！”

“启奏主公!”文种在一旁劝谏：“臣闻猛兽离山不免罗网之患，大鱼失水反遭蝼蚁之欺。今日主公初被伤残，偶遭困辱，虽说是人谋未尽，其实也是天时降殃。当此之时，应当奋起勇往直前争斗求生之心，不可滋生垂头丧气败走退死之念。况且眼前会稽山周围有六百余里，主公麾下带剑敢死之士犹存五千余人。我们还须全力奋战一决存亡，绝不坐待吴兵生擒以宴兵刃!”

“启奏主公!”范蠡冷静分析道，“臣闻吴将伍员勇冠三军，吴王夫差雄视一世，诸侯列国畏之如虎。如今吴国正当鼎盛之时，我越国却是累伤之躯。以越抗吴，无异以卵击石，胜未必然，败乃常事。以臣之见，不如一面坚壁清野，拖得吴军疲惫不堪，一面派遣使者前去求和，让吴国自己退兵，以保宗庙社稷不被湮灭。如此方为上策。”

勾践听了文种的话觉得眼前似乎还有一线生路，听范蠡如此一说，又忍不住伤心落泪道：“俺勾践委实不忍将祖宗千年基业丧于己手。时至如今，还请二位贤卿仔细商议。是战是和，俺心中已经没了主意。二位贤卿说该如何办便如何办就是!”

“这还有什么好商议的!”文种满面悲壮之色开口道，“论抗拒敌兵，我们尚有一定实力，又据山为险，足以与吴兵拼杀一场。当此千钧一发之际，也顾不得什么成败利钝，只消拼命死战下去，说

不定还可侥幸取胜。坐以待毙，自献头颅，最后只有死路一条！为臣既然身受厚禄，便一定要为国捐躯，即便以马革裹尸还乡，也要图个扬名显姓，流芳千古！"

"此言差矣！"范蠡坚决反对此议，"眼下吴兵强盛，敌我悬殊，拚死决战，倒是只有死路一条。然遣使请降，厚礼卑词，毕恭毕敬请吴王撤兵，或许还是一条生路。倘若我们用反间之计，买通吴国奸佞之臣，说得吴王允我降服，再待他们君臣反目，彼此肆虐，忠良丧尽，奸佞当道，我然后乘机进袭，重整河山，岂不是好？请主公三思！"

勾践思来想去，又觉得范蠡所说，还有几分可行之处。于是收起眼泪，长叹一声道："看来还须照范卿所说，忍辱求降了。唉！想不到俺勾践如此罪大恶极，德劣才庸，既不能勇往而直前，又不能固守以善后，致使社稷沦亡，臣民受辱，好不羞愧煞人也！但不知用甚礼仪，将何辞令，前去请降为好？"

"此事易耳！"范蠡对此早成竹在胸，"臣闻江山乃大禹之江山，社稷乃前王之社稷，此皆不可与人。除此而外，其余都是多余之物。因此，臣主张主公舍弃王位，挈带妻孥，前往吴国，君请为臣，妻请为妾，亲作使令之役，甘为洒扫之徒。与此同时，还要在吴王面前竭力讨好，千方百计离间他们君臣。既激发他好大喜功之念，又挑拨其逐贤用佞之心。长此以往，天必殛之。几年之间，孰兴孰衰，孰胜孰负，便要刮目相看了。”

“范大夫所说似乎有理，”文种提出反驳道，“但那吴国相国伍员谋略盖世，贤智过人，吴王纵然昏晦，若听了伍员之言，岂不误了我之大事？那时我们弄巧成拙自投罗网，便是后悔也来不及了！”

“也不尽然。”范蠡坚持己见，“文大夫想必听说过小人易亲君子易退这句话吧？你单知伍员忠贞正直足智多谋，却不道那太宰伯嚭奸佞淫邪，贪鄙无度。我们若要请降，不必先见吴王，却须先贿赂收买他手下权臣。那伯太宰正是我能够收买的极佳人选。我想不必太多，只要美女二人，黄金千镒，则伯某人鼹鼠之腹易满，鹪鹩之栖易安。若教他在吴王面前替主公说话，势必多溢美之言。再要他在吴王面前贬损伍员，也一定会将伍员说得一无是处。而一旦他们君臣乖戾，同僚反目，我们便会有机可乘。那时，离大功告成之日便不远了！”

“有理！有理！”勾践听得连连点头道，“既然如此，二位贤卿可知何人能代寡人前去请降？”

文种也为范蠡之言所服，立刻自告奋勇开口道：“为臣不才，愿为主公效此犬马之劳！”

“好！好！”勾践点头嘉许道。“贤卿工于心计，巧于应酬，能言善辩，机锋百出，定会不虚此行。还望贤卿以国家社稷为念，忍辱负重，委曲求全，俾使战事早了，烽烟再静。”

“请主公放心!”文种向勾践发誓，“臣已将生死置之度外，此番前去，倘不成功，誓不回来见主公!”

范蠡又将抵吴营之后一应事宜仔细向文种叮咛一番，才看他换过衣饰，带着人从，下山直奔吴营而去。

黄昏时分，一身吴将打扮的文种率领一干人从，悄悄来到吴国太宰伯嚭帐前，请门官通报，说是越国下大夫文种求见。

门官上上下下打量了文种几眼，冷冷回答：“军情紧急，不敢从命!”

文种赔笑上前，随手塞给门官一锭黄金，那门官立刻满面堆笑，假意推辞了一句：“这是何事!”接着道，“且请少待片刻!”转身便进帐向伯嚭禀报。

伯嚭听说越国下大夫文种求见，先是一惊，暗道，这等时刻，他来何干？转而又想，管他呢！他既来了，先听他说明来意也无妨。于是吩咐门官：“也罢，着他入来!”

待文种进门，低头向他施礼参拜时，他立刻怒气冲冲大声发问：

“你便是文种?”

文种回答：“是，太宰大人。”

伯嚭又问：“前日阵前骂俺包羞忍辱不要体面的，便是你?”文种回答：“不敢!”

伯嚭又问：“那么，骂俺伯某不忠不孝奸佞立朝的，也是你了?”他一边说着，一边一步一步向文种逼近，两眼也灼灼地闪着凶光。

文种迎视着伯嚭的眼光，面不改色，镇定回答：“不敢!”

原来文种知道伯嚭乃是楚国左尹伯洲犁之子，伯洲犁为奸臣费无忌所害被昏君楚平王灭门九族，只有伯嚭侥幸脱逃，在吴国受伍员举荐当了大夫，官职一直升到太宰，便在前日阵前交战之时，讽刺他身为人子不能报亡父之仇，步伍员后尘亡命异国，将忠孝二字抛到九霄云外，包羞忍辱，莫此为甚。当时只气得伯嚭两眼发黑，直想上去一刀将文种扎死。

现在眼见得文种作为败军之将站在自己面前，还是一副坦然无所畏惧的镇定模样，不禁火冒三丈，厉声大吼：“文种，你好大胆!我吴国天兵压境，你命在旦夕，居然还敢前来见我!”

“太宰大人息怒!”文种照旧不动声色开口道，“战场之上，各为其主，别的话就不多说了。今文种前来，有要事咨启，还望太宰大人容禀。”

“有什么话，你且道来!”伯嚭仍然怒气冲冲道。“我倒要看看你狗嘴能吐出什么象牙!”

“太宰息怒，太宰息怒。”文种依然赔笑道，“大人！文种前来非为别事，只为小国寡君勾践感太宰恩德，无以为报，特遣文种进献些许薄礼，少申寸敬。”

“什么？越王?”伯嚭听到勾践名字，大感意外。“你那越王有何感激伯某之处？他会给伯某送来什么薄礼?”

“多谢太宰大人动问。”文种回头让随身人从将所携礼品捧上前来，一样一样展示在伯嚭眼前道，“大人请看，这是黄金共五千两，这是锦缎共五千匹，这是祖传白璧十双，这是……大人！因帐前人来人往不大方便，故每样先进上一件请大人过目。”

“啊哟哟！还说是薄礼，怎的便有如许之多!”伯嚭看得眼花缭乱，喜得抓耳挠腮道：“你家大王也太客气了！这该教下官如何是好!”

他正待吩咐下人杀牛煮酒款待文种，文种却慢条斯理面露难色道：“太宰大人且不要快活尽了，还有一对活宝尚未显示，不知大人要还是不要。”

“什么，活宝?”伯嚭眼珠子盯着文种转了一转。“什么样的活宝怕俺不要？先着来让伯某看看！”

“好，进来！”文种向门外一招手，早有一对生得千娇百媚，扮得花枝招展的妙龄女子，袅袅婷婷飘将进来，直飘到伯嚭面前跪下叩头，口中连称：“参见老爹！”

“太宰大人！”文种向伯嚭解释：“寡君勾践身在穷途无以申敬，知太宰军旅倥偬，未带妻室，特奉美女秋鸿春燕以伴枕席，伏望太宰鉴纳！”

“啊哟哟！你那越王老头儿也太知俺伯某心性了！”伯嚭见那秋鸿春燕生得花容月貌，美艳无比，只喜得眉开眼笑，嘴也合不拢道：“这该教伯某如何消受！……咳，不瞒你说，文大夫！伯某本来并没有妻室，身边只是几个丫头消乏，怎比得两个姐姐如此国色天香！且住……”

说到这里他忽然想起一件事。“文大夫！俺问你，你家主公送了如许之多礼物与伯某，不知伯某可有什么可效劳之处？”

“实不相瞒……”文种见他已经入彀，乘机说破实情道，“我家主公着我多多拜上太宰，言说他受吴国大王和太宰大人许多教训之恩，无以报答，现情愿携其妻室，率其陪臣，亲到吴国赔罪。我家主公身请为臣，妻请为妾，臣请为奴。窃恐吴王见弃，故先遣小官拜上太宰大人，还望太宰大人多多周全！”

“原来如此！”伯嚭嘻嘻笑道，“要伯某出力不难。既然你家主公看得起伯某，伯某亦是知恩知义之人，一定尽心尽力助他便是。大夫回去教他放心前来，伯某包他羁鹤出笼，展翅冲天，万无一失！”

“文种这厢代我家主公多谢了！”文种向伯嚭深施一礼道，“小官明日还要面谒吴国大王，还望太宰大人多加关照。”

“这个自然，这个自然。”伯嚭一迭连声答应。

“如此小官告辞了。”文种说完，吩咐秋鸿和春燕：“好生侍奉太宰大人歇息！”

“天色如此之晚，文大夫还要往何处去？”伯嚭替文种诸人担心道，“此地到处都是吴军，来来往往不大方便，还是让伯某给你等安排妥善住处吧！再说……”他压低了声音：“大夫知道我吴国老相国为人倔强，甚不知趣，他若在我家大王面前出面时一定会阻拦此事，你我还须商讨对策。明日一大早伯某先陪大夫去见我家大王，乘他在见我家大王之前说定此事，他到时候便是撕破脸皮，也无法可施了！”

次日一早，伯嚭便带着文种来到夫差帐前，自己先进帐向夫差禀报。

夫差听说越王勾践遣使臣来见，心中不觉一喜。因为他原想照伍子胥之计，将勾践君臣一举歼灭，不料勾践率五千精壮兵卒退入会稽山据险死守，弄得夫差十分无奈。现在听说勾践遣人来见，自然非常高兴。转眼一想，那勾践向来阴险狡诈，诡计多端，翻脸无情，此时已被逼上绝路，却又遣人来见，说不定又要玩弄什么花样，于是又收起脸上喜色，冷冷一笑道："这等时刻，勾践遣人来有何贵干？不见！"

伯嚭见状，连忙委婉劝谏道："古人云，两国交战不拒来使，他既来了，便见他一见，看他有何话可说，岂不更好？也显得主公海阔天空一般度量。"

那夫差是最经受不得恭维之人，听伯嚭如此说，立刻变了主意，爽然点头道："也罢，且放他入来！"

"好！好！"伯嚭说着，向帐外高呼："着越国使臣进帐谒见我家主公！"

文种在帐外听见，忙不迭整好衣装，膝行入内，直至夫差面前俯伏叩首道："越国下臣文种奉寡君之命前来叩见大王！罪臣文种死罪死罪！"

"唔，文种？"夫差睁大两眼直盯住他，过了半天才恶狠狠发问：

“勾践不道，犯我先灵。我今提兵问罪，他已危在旦夕，着你来见，有何话说？”

“罪臣文种启奏大王！”文种依旧俯伏在地低头回答，“东海寡君勾践罪大恶极，偶犯吴之先王。今蒙大王仁慈，不即诛戮。寡君感恩，旦夕不忘。今大王天威未解，提兵远临，若大王不弃，即当请盟……”

“什么？请盟？”夫差冷笑着打断了文种的话。“勾践如今死在眼前，还要请什么盟？这个盟他该如何请法？”

“大王听禀！”文种回答，“寡君着罪臣向大王谢罪，并着罪臣向大王禀告：寡君勾践已经认败请降，愿携其妻子，率其陪臣，跟随大王前往吴国；君请为臣，臣请为奴，妻请为妾；春秋贡献，不绝于途，世世代代，永不反悔。兹固寡君奉至尊之意，实亦大王征诸侯之礼。敢请下臣布意，乞赐优容……”

“这个难道！”夫差一口拒绝道，“寡人劳心数年，提兵十万，深入敌境，克在须臾。业已至此，岂能轻诺？莫非要教寡人功亏一篑？”

“罪臣文种敢再启奏大王！”文种柔中带刚道，“寡君勾践栖于会稽，目下尚有子女千人，宝器无数。若大王怜而赦之，则子女宝器尽归大王。若大王报而不赦，寡君勾践则杀其子女，焚其宝器，以五千舍生敢死之士，当大王十万久疲之师。果真如此，则鱼死网破，两败俱伤，最后谁胜谁负，还在两可之间。还望大王三思!”

“唔，这个……”夫差没想到文种会如此说，听完反倒没了主意，不得不回头问伯嚭：“太宰意下如何?”

伯嚭以手托腮，作熟思状，然后回答：“依臣愚见，文大夫之言有理。今勾践穷困，遣使求告，若主公宽而许之，则勾践之土地尽为主公之土地，自江北至沿海皆为主公所有。那时主公武功成就，名闻海内，天下诸侯，谁敢不从?设若主公必欲穷追猛打，刈而亡之，恐四海诸侯不信于我，日后还有谁肯忠心事吴?那时主公有功也会变为无功，想要荡平天下威加海内就不知是何年何日了。愿主公明察!”

夫差听得低头沉吟道：“依卿所说，似乎也有几分道理。”

“大王!”文种知他此时已经没了主意，生怕他再记起昔日杀父之仇，乘机叩头启奏道，“寡君勾践自知罪恶深重，百身难赎，甘愿面缚君臣，亲偕妻子，到大王面前尽心服役。若蒙大王宽赦，寡君勾践没齿不忘海样深恩。还望大王宽仁大度，俯垂怜惜!”

说着，眼中泪水像断线珠子一般直落下来。伯嚭在旁，也陪着掉了几滴眼泪。

夫差看了，心中好生不忍，犹疑许久，终于点头应允道：“也罢！既然如此，寡人暂且收兵。限勾践君臣十日之内俱赴吴廷听从指挥，不得迟误！”

“多谢大王！”文种连忙向夫差叩头谢恩，便打算起身离去。

恰在此时，那吴国相国伍子胥威风凛凛跨进帐来。他一眼便发现低头跪在夫差面前的文种，向夫差施礼参见后立即发问：“这是何人？”

文种回答：“越国下臣文种。”

“哦，文种！”伍子胥眼中闪出咄咄逼人的寒光。“大夫来此何干？”

“相国有所不知，”伯嚭不等文种回答便急忙接过话头，“文大夫奉其主勾践之命前来向我家主公请降，我家主公方才已经应允他了！”

“什么，请降？主公已允？岂有此理！”伍子胥急得厉声高叫道，“那勾践强暴，屡肆凌侵，罪大恶极，不可宽宥。今力屈计穷，命在顷刻，此诚上天以越赐吴之千载良机，万不可失也！大王！”他朝着夫差大声疾呼。“如今越国败亡已成定局，勾践君臣已经是我网中之鱼，俎上之肉。我们务必悬其首于吴宫门外，以谢前王在天之灵，既雪数年念仇，亦解四方之笑。倘若除恶不尽，允其投降，实乃养虎遗患，祸害无穷。大王万万不可中其奸计啊！”

“启奏主公!”伯嚭生怕夫差被伍子胥说得变了主意，不等伍子胥话落音便接过口道：“臣闻不念旧恶，方能消怨；疾恶如仇，景从几希。昔之齐桓，晋文，皆有宽赦之名。今我之兵马深入越境，拆其藩篱，毁其宗祠，已经使不少越人怨声载道。如此下去，纵然以武力征服其国，如何使他的臣民心服？民心不服，将来又如何予以治理？君子曰办事中庸不逾矩，臣想就是不要过分吧！以臣愚见，还是允其投降为好。”

“启奏主公!”伍子胥以更高的声音吼叫，“数载深仇，一朝克复，天赐越邦于吴，良机千载难遇。主公万不可听信谬言，坐失良机啊!”

“相国不要太固执了!”伯嚭听出伍子胥话外之音，忍不住锋芒直指伍子胥道，“越王请降恰如山鸟投笼，林猿归槛，正是主公大功告成扬名显声之时，相国却教主公弹射剑削，斩尽杀绝，岂非鼠肚鸡肠，狭隘过甚？如此一来，主公日后还如何教天下诸侯一一归顺?”

“是何言语!”伍子胥怒气冲冲道，“勾践请降明明是穷途末路苟延残喘，妄图等待时机卷土重来，我如何能上他当？倘若他日后羽翼再丰，重新起来与我作对，我又如何教天下归顺？太宰讥伍某鼠肚鸡肠，狭隘过甚，伍某倒觉太宰有点鼠目寸光，贪小失大呢!”

"好了，好了，相国，太宰，都莫要争了。"夫差出面打圆场道，"你们所说，都有道理。不过寡人思来想去，觉得还是许他勾践来降为好。勾践既已输诚纳款，边疆亦为我大开门户，我若给他一线生路，也是圣人所说兴灭继绝存亡裔的一大德政。诸侯得知，是何影响？能不诚心诚意仰瞻归服？"

"苍天开眼！"文种不等夫差话音落便在地上连叩了几个响头。"愿大王似日月光照千秋，如南山万年无极，霸诸侯威加海内，荡天下众望所归。下臣替寡君勾践在这里给大王叩头了！愿大王千岁千千岁！"

"多谢大夫美意！"夫差被文种奉承得神魂颠倒，飘飘然道，"越王请降，寡人亲许，绝不食言。你速速回去，教越王火速来吴，不得有误！"

"谢大王！"文种连忙伏地叩头。"下臣就此告辞，不日便可重睹天颜也！"

"主公，千万不可许他！"伍子胥失声高叫。

"主公，万万不可失信！"伯嚭紧接着高呼。

夫差摆手，不让他们再说下去。

眼看文种扬长而去，伍子胥忍不住痛心疾首，切齿长叹："天哪！为山九仞，功亏一篑，数载劳师，功败垂成，我吴国好不幸也！”

“相国也太多虑了！”伯嚭冷嘲热讽道。“料他越国一个弹丸小邦，如何与我堂堂大吴相匹敌！”

此时他心中想的却是，老糊涂，你晓得什么？倒几乎坏了俺的大事！

文种回到山上，向勾践奏明请降经过及吴王夫差准降情形，特别说及夫差答应的君自为臣，妻自为妾，臣自为奴之条款。

勾践听了，不禁潸然泪下道：“寡人不幸，连累夫人及诸位贤卿。如此促急，怎生是好？”

“大王勿忧！”夫人在一旁慨然道。“贱妾之命，悬于大王。劳苦艰难，实愿同之！”

“夫人说得是！”众大夫也跟着异口同声道：“我等愿同大王生死与共！”

“好！既如此，便别我人民，弃我宗祠，去除冠冕，去给吴王做奴才罢！”勾践收泪叹息道，“勾践何罪，遭此天谴。这正是前途风云难测，故国不堪回首啊！”

他召集众大夫商议赴吴事宜，大夫泄庸、计倪一起启奏：“成汤系于夏台，有伊尹作陪；西波囚于羑里，有宜生为伴。成汤入夏，国事付与文杞；周文入殷，宗社委于太公。今上大夫范蠡达于机微，习于困苦，吴廷之事，悉以委之，必能佐主周旋，化否为泰。下大夫文种忠而善谋，民乐为用，越国之事，悉以委之，必能克勤邦家，定国安民。”

勾践听了，问范蠡：“贤卿之意如何?”

范蠡回答：“不避艰险之途，甘临困辱之地，辅助危主，复兴灭国，与君复仇者，臣之事也。敢不从命!”

“那么贤卿你呢?”勾践又问文种。

文种回答：“内修封疆之役，外整耕战之备，亲附百姓，联合诸侯，废而必兴，臣之事也。敢不从命!”

“好!”勾践点头，“既如此，则诸大夫名为无主而实有主，寡人看似无国而实有国，患难相保，宗社奠安，寡人无虑也！寡人羽毛既丰，纵飘然长往，又有何愁！——来也!”他大声宣告，“众卿随寡人告拜天地山川，社稷宗庙，怜我困苦，阴求护持!”

动身时刻，文种率领群臣，将勾践夫妇及范蠡诸人送至江边，一齐拜别道：“主公！国破山河在，城倾草树迷。臣等誓雪君王之耻，唯愿主公夫人前途保重，早日回国！——范大夫！主公和夫人交与你了，你可要尽心尽力服侍他们啊！待回国之日，我等满朝群臣务要重重谢你!”

“请文大夫和诸位大夫放心!”范蠡站稳脚跟大声回答，“有范蠡在，就有主公和夫人在。若主公夫人有个好歹，范蠡誓不活着回国!”说罢回头问勾践，“该上船了吧，主公?”

“上船，走!”勾践含泪咬牙回答。他头也不回走上船去，只向岸边送行诸人挥了挥手，便大声下令：“开船，起程!”

小船离岸，缓缓向着江心驶去。岸上送行的人群中发出一片哀哀的哭声。眼看云山重叠，烟树迷离，逝水东流，片帆北渡，想到此番离国不知何时才得返回，到吴国后还不知要遇到什么厄难，勾践心中犹如油煎箭穿。

夫人知他难过，含泪开口：“大王！妾有短歌，不知可否一咏?”

“好!”勾践点头，“卿试咏之，寡人敬听!”

于是夫人用她那圆润清越的歌喉，悲悲切切低声吟唱：

仰飞鸟兮乌鸢，凌玄虚兮翩翩。啄鱼虾兮洲渚，矫凤翮兮云间。妾无罪兮冒地，又何辜兮负天。片帆飞兮长往，知归去兮何年?

一曲未终，她早已珠泪滚滚，泣不成声。

勾践听得十分伤感："吾尝闻有声当彻天，有泪当彻泉。寡人不肖，亦有短歌一曲，为卿一咏。"说罢亮起浑厚苍凉的嗓音，放声高唱道：

彼飞鸟兮鸢乌，常游止兮江湖。我何罪兮离越，乃偃蹇兮来吴！妻衣褐兮为婢，君脱冕兮为奴。岁遥遥兮无极，安得我身兮如乌！

夫人接唱：

愁泪溢满春江，底是夫妻同渡波浪。怎效乌鸢向沙头翱翔？悒泱，我尽力奔驰洒扫，怕当不过勤劳鞅掌。思量起云山千里，何日还故乡？

勾践又唱道：

吴门此去何方？进退两难空自摧丧。你淡扫蛾眉尽收拾宫妆。惆怅，你休还认在秦楼楚馆，休还认在香闺绣帐。从今去雕笼深锁，愁杀两鸳鸯！

范蠡见他们越唱越悲，本拟拦阻。转而一想，又觉得此时此刻，亡国之痛彻于骨髓，长歌当哭，犹可缓解忧愁，因此也就一直含泪倾听。直到小船抵达彼岸，方才起身提醒他们："主公，夫人，吴国到了。收拾收拾，下船吧！"

"啊！吴国到了？"勾践蓦然警醒道，"这就是说，寡人即刻便要开始为臣为奴了！唉！勾践何辜，受此奔波！"夫人也忍不住热泪盈眶。

"主公夫人休得悲伤。"范蠡安慰他们道，"还记得晋文公重耳当年狼狈出奔之事乎？有朝一日，你我君臣还会回来渡过此江的！"

到达吴国都城姑苏，吴王夫差正在姑苏台上大排筵宴庆贺伐越大胜。诸大臣中有功者爵之以上卿，有劳者赐之以锦帛。觥筹交错，笑语阵阵，鼓乐齐鸣，热闹非凡。

听内臣报称勾践君臣求见，夫差停下酒觥大声下旨："着他入来！"

勾践偕夫人、范蠡一干人等膝行上台，叩首声称："东海贱臣勾践率领妻孥及陪臣，叩首廷殿，拜见大王，死罪死罪！”

夫差虎视眈眈紧盯住他们，足足半天没有说话。忽然，他亮起嗓门，犹如雷吼般大喝一声：“勾践！”

满台人都听得吓了一跳。勾践也浑身一抖，连忙回答：“贱臣在！”

“好哇！”夫差的声音仍然像打雷。“想当初你何等强梁，不可一世，不想你也有今日！”

“启奏大王！”勾践战战兢兢，叩头如捣蒜道：“贱臣勾践罪恶深重，辜负天地，不知时势，开罪大王。蒙大王俯视宽宥，不即加诛，得保些许性命，难报无极之恩。贱臣勾践罪该万死，还求大王怜而赦之！”

“哼哼！你今日也知得叩头讨饶了！”夫差毫不掩饰满面得意色，转过头去高声发问：“诸位贤卿！今日勾践率众来降，你等说，寡人该将他如何发落？”

“启奏大王！”夫差话未落音，相国伍子胥立刻离席而起，声色俱厉接口道：“臣闻飞鸟在青云之上尚欲弯弓射之，何况它闲游于池沼，近集于殿廷乎？从前勾践远处于海山之外，主公只恐难得捉住。如今他自入厨瓮之中，或杀或斩，只消一名屠夫便可办理。斩草除根，此其时也。主公千万不可饶他！”

“老相国此言不妥！”太宰伯嚭紧跟着起立反对，“众所周知，杀降诛服，向为天下所非。我吴国乃泱泱大国，勾践请降已经我家主公亲许。今若出尔反尔，言而无信，此为天下人所耻笑。今日连勾践这等亡国之君尚不能宽容，他日又如何雄视海内，称霸于诸侯？愿主公从长计议，信守诺言，万不可为无稽之论所左右！”

“太宰言之有理。”夫差点头首肯道，“寡人对此早有计较，相国，你就不必多说了吧！——来人！将勾践夫妇及陪臣一道发入石室之内，去其冠冕，没作官奴，略给水薪，牧养马匹。要牢固监候，不许轻忽放纵！”

勾践跪伏在地听吴国君臣激辩，手心里早捏了两把冷汗。及至夫差宣布将他囚入石室，心中一块巨石才扑通一声落了地。

他暗暗舒了一口气道：“天也，俺勾践还有一条活命！”

在执戈吴兵押解之下，勾践君臣三人来到石室。范蠡和夫人先以君臣之礼见过勾践，然后奉请勾践落座。勾践看到眼前石室脏污不堪，想起自己昔日为一国之主，今日为阶下之囚，脱轩冕，着樵头，去衣冠，服犊鼻，真是天上地下，相差万里，禁不住又伤心叹息道：“如此污下，何以容身？俺勾践也活得不像一个人样儿了！”

“主公莫愁。”范蠡劝他，“臣记得当年成汤曾被囚于夏台，文王亦曾被囚于羑里，都受过这样那样的磨难。由此想到国之兴衰，人之顺逆，虽说冥冥之中有天意安排，然存亡成败其实往往取决于人谋。故而成汤千方百计取媚于夏桀，而不以处境艰难自悲；文王也挖空心思求幸于商纣，而不以待遇非人自伤。那夫差不过是昔日之夏桀商纣，安知主公非今日之成汤周文？”

“哎呀范大夫，你的话太迂阔了！”夫人不赞同范蠡的说辞。“越国已经覆灭了，你还指望它成为殷商大周？大王乃千乘之君，如今却比鸿毛还轻，他的性命如今便寄存在虎口之中，还能让他不愁不叹不伤不悲么？”

“夫人听禀。”范蠡微笑着回答，“臣方才提及商汤周文，乃是说从古以来所有圣主贤王，几乎全都能含羞忍辱，百折不摧，因此才能克服厄运，渡过难关，直到最后力挽狂澜，伐暴诛恶，扬名千古，教万人景仰。臣仰观天文，俯视地气，知眼下正当吴兴我衰之时，而他日则必然我霸而吴亡。圣人云福兮祸所伏，祸兮福所倚，安知主公今日之危困，非他日顺昌之机？愿主公和夫人自珍自爱，静观待变！”

这时门外传来一声叫喊：“兀那男子妇人，你等三人一齐与我出来！”

范蠡回头见是一位皂隶，便走到门口轻声动问：“尊官有何吩咐？”

那皂隶粗声大气回答："俺家老爷唤你等出来问话!"

范蠡又问："不知你家老爷是谁?"

皂隶回答："便是掌管这石室的官儿!"

勾践心中正没好气，听说叫他"问话"的不过是掌管这石室的官儿，不禁怒冲冲对范蠡发话："告诉他，俺不是来此见他们这官儿的!"

谁知那官儿早在门外听见，立刻涨红了面皮破口大骂："好个死囚，这等无状！你来俺石室既不行礼拜见，又不进献规钱，还大模大样摆架子给老子看。且待本官来收拾你，不怕你走到天上去！皂隶！将那俏娘儿给俺弄来做拜见钱！先叫她出来，就说老子要和她说话!"

范蠡见那皂隶就要进门，只气得浑身打抖，不禁厉声高喝："休得无礼!"

那官儿和皂隶倒被他那一副凛然不可侵犯的气势噤住了。

恰在这时，一个堂候官打扮的人走近石室高声喝问："谁在此处？出来见我!"

皂隶见他气势不凡，忙迎上去招呼："敢问大人，是从哪里来的?"

"哪里来的？你不长眼睛?"堂候官正眼也不看他一眼道。"俺是太宰府差来给越王送东西的。”

“啊！太宰府？越王？”石室官儿听得大惊失色道，“哪……哪个是越王？越王怎的会……会……会到此处来？”

“原来大人不知。”皂隶附在石室官儿耳旁轻声告诉他。“听说那着樵头服犊鼻的便是越王，那个俏娘子便是越王夫人，边上那个侍立着的叫范蠡，是越国的上大夫……”

“你这狗奴，方才为何不对本官早说？”石室官儿慌了手脚，不知所措道，“方才本官还说要好生摆布摆布他，如今却怎么好？——罢罢罢，俺先进去禀报过再说！”

说罢进屋，直跪在勾践面前禀报：“启奏越王大人！外面有个亲戚，看望您老人家来了！”

勾践听得奇怪道：“俺在这里，哪有什么亲戚！”

堂候官连忙进来跪报：“大王夫人，小的是太宰府差来的。我家太宰爷教小的多多拜上大王，说他本来要亲自来看望大王的，怕有是非，特差小的送些吃的东西过来……”

“哦，原来是伯太宰差你来此！”勾践明白了。如此说来，伯嚭不光早就知道了自己被囚入石室之事，说不定还是事先同吴王说好了的呢！想到此处，他连忙招呼夫人和范蠡与自己一道跪答受礼，连称：

“多承恩赐，感激不尽！”

“你且出去，俺和越王有要紧话说！”堂候官支出石室官儿，压低声音对勾践说道：“俺家太宰爷多多启上大王：凡事耐心，终有好处。俺家太宰爷会千方百计为大王出力的。”

“太宰大人天地大恩，勾践定当誓死相报！”勾践感激涕零道，“只一件小事要拜上太宰：那石室官儿要我君臣交拜见钱，我没有，他方才要将我夫人拉出去凌辱。幸得大人及时来此……”

“哼，这个不知死活的狗官！”堂候官恶狠狠骂道，“俺回府去便对太宰爷说知此事，管教他立时三刻狗头不再在颈子上！”

“不必如此。”勾践豁达大度道：“大人只消叮咛他不得无礼便是了。”

“也好，且留着他这颗狗头！”堂候官也跟着变了口气。

“还有一件事敢烦禀报。”勾践又小心翼翼开口道，“烦尊官回去多多拜上太宰，说是若放得勾践君臣重归故乡，勾践生当平分越国，死当结草衔环。若有虚言，天地诛之！”

“这个好说，这个好说！”堂候官连连点头答应。“小人回去，即将大王所说言语一一禀报太宰爷便是！”

“请尊官回府顺告太宰大人，”范蠡在一旁轻轻提醒，“请往后不要再送东西来此，免得人多口杂，变出意外。只是若有要紧事体，还望太宰大人及时一报。”

“谨领，谨领。”堂候官低声答应。“不知大王还有什么吩咐?”

勾践摇头：“没有了。”

堂候官道：“如此，小人先回。”

说罢施礼退出，先把那石室官儿大骂一通，方才大摇大摆扬长而去，石室官儿少不得又来向勾践君臣叩头谢罪请求饶恕。

伍子胥见勾践君臣被押下台去，夫差把酒临风，意气扬扬，忍不住又对夫差进谏：“主公休得相信那勾践君臣。他们何尝甘心来做阶下之囚？只不过时乖运蹇，不得不俯首称臣罢了。主公如不警觉，总有一天，他们会饿虎吃人，重新向我扑过来的。那时要后悔就迟了!”

夫差脸一沉，正待开口，伯嚭却喜滋滋接过话去道：“老相国您怎的老说这些逆耳之言惹大王不快？难得勾践君臣已经降服，大王和大家一样高兴，您老人家偏在此时危言耸听，岂不是有意扫大王之兴啊?”

“说得是，老相国!”夫差此时已经缓过劲儿来，也勉强做出一副笑脸道，“他勾践甘心也罢，不甘心也罢，反正这个阶下囚是做定了。老相国说得有道理，他如今果然是时乖命蹇，不尊寡人也得尊。纵是恶虎，也无力吃人了。老相国还是与寡人一道开怀畅饮吧！喝酒！喝酒！莫谈国事！”

“这酒为臣饮不下！”伍子胥拼命压下一肚皮火气道。“为臣什么话都不说了，只巴望主公耳聪目明，不要听信奸佞之言。否则只恐灾起萧墙，大祸临头。为臣告辞了！”说罢昂然离席，拂袖而去。

想到自己当年离楚抵吴，伐楚伐越，不知立下多少汗马功劳，不料夫差今日却听信奸佞，厌恶忠言。眼见得大仇将复而被摧，大功将成而告毁，伍子胥心中犹如刀搅油煎。随波逐流，尸位素餐，他不愿意。背义忘恩，返驾林壑，他觉得又对不起长眠地下的先王阖闾。思来想去，他决定到阳山找知心好友公孙圣倾诉心曲。

那公孙圣本是避世高人，性情耿介，操守不俗，学识超群。阖闾在日，曾多次想要延他为官，都被他婉言谢辞了。如今在阳山投竿垂钓，抱瓮浇园，邀清风为入室之宾，延白云作升堂之客，过着悠闲清静的隐居日子。

这日见伍子胥怅怅而来，他老远便大声招呼：“贤弟！许久不见，今日缘何光临？看你神情，似乎有重大心事，可否说出让愚兄听听？”

“咳，仁兄！一言难尽！”伍子胥尚未开口便忍不住怆然泪下。“想俺伍员生性耿直，本欲尽孝于家，尽忠于国。不意父兄为楚王所害，难尽孝道，今主上又为贱臣所惑，难以尽忠。真是俯仰有愧，进退维谷。有时真想弃职归山，随兄学道。不知仁兄意下如何？”

“此话当真？”公孙圣觉得难以置信。但看到伍子胥痛楚的脸色，他默然了。过了许久，他才缓缓开口道：“贤弟！吾闻为人子者应死于孝，为人臣者应死于忠。想贤弟当日四海无家没处逃，孤苦伶仃年纪小，亲爹爹魂魄无人吊，亲哥哥骸骨无人扫。江上渔人，溪边浣女，都曾舍身救你性命。吴王阖闾更为你发兵征楚，报你一家数百口被杀之仇。当年你仗着阖闾行了孝道，如今却要抛弃他的儿子不竭忠诚。如此忘恩负义，贪生怕死之行，实乃小丈夫之所为。愚兄窃为贤弟所不齿！难道贤弟果真连纵身自溺的渔父、含怨投水的浣姑都不如了么？”

原来伍子胥当年父兄被害，只身出逃，过得昭关，濒临大江，前有波涛万顷无舟可渡，后有楚将率兵穷追不舍。正当他望江兴叹，束手无策之际，一渔父划过船来，将他救过江来。上岸之时，伍子胥为谢他救命之恩，解下自己身上所佩宝剑相赠，并说此剑乃先王所赐，在他家中已传三世，中有七星，价值百金。不想那渔父推开他的宝剑道：吾闻楚王有令，捉得伍子胥者赐粟五万担，赐爵上大夫。俺不图上卿之赏，岂图百金之剑？请先生勿疑，速速上路！伍子胥又担心渔父不小心泄他行踪，问追兵若至，渔父该如何回答。渔父摇头叹息道：若追兵自到，赶上先生，先生疑我，我如何自明？说罢解缆开船，拔舵放桨，倒翻船底，溺于江中。伍子胥见状，叹惜不已。

行至溧阳，他又饥又饿，见濑水边有一女子正在浣纱，身边筲箕内盛有米饭，便恭恭敬敬前去乞讨。那女子见他相貌奇伟，知非常人，便将筲箕中米饭尽赠与他。伍子胥一口气将饭吃光，对女子说："吾实亡命之人，倘遇他人，请夫人勿言。"那女子凄然回答："明白。妾侍寡母，三十而未嫁，向以贞明自矢，何尝想过赠人浆饭，且与男子交谈？无非视君貌非常人，身处逆境而已。君既见疑，无复多言，请走罢！"待伍子胥转身未行数步，只听得身后一声水响，那女子已经怀抱巨石，投水自尽。

此事他曾向公孙圣讲过。伐楚之际，他曾应渔父之子所求，下令不得侵扰郑国。也曾派人寻找过浣女之母，还在溧阳濑水之滨致酒祭奠。

当下听公孙圣提及此事，伍子胥不禁浮想联翩，连连点头道："仁兄之言甚为有理。杀身殉国，此亦何难？我死固不足惜，只是难保吴国不亡。如此一来，既无益于邦家，又灭绝于宗祠，却不两下里都耽搁了?”

“贤弟难道连死生有命富贵在天的话都忘记了?”公孙圣提醒伍子胥道，“天下大事本来都有它的定数，人谋只不过尽心而已。俗语云烈士殉名，壮夫重气，以愚兄之见，名节比什么都要紧。贤弟既已生为楚国之杰，亦应死做吴地之英。须知吴国素少忠义之臣，眼下吴越兴衰胜负未成定局，吴国之兴亡几乎系于贤弟一身。贤弟一走，岂不抽了他擎天之柱，跨海之桥?只怕那时天下英雄，都要将贤弟引为笑谈了!”

“多谢仁兄教诲!”伍子胥听得悚然警醒道，“是愚弟这些时屡遭挫折，双眼几乎被蒙蔽了。愚弟眼下别无所虑，只是孩儿年幼，只怕……”

“不必多虑。”公孙圣知道他的心事，早就替他安排好了，“令郎年幼，可暂寄他邦，或者由愚兄替你照料。如此则贤弟既可尽父子之情，又可全君臣之义，或生或死，均无牵挂。不知贤弟意下如何?”

伍子胥告别公孙圣回到姑苏，正遇见夫差带着诸女侍，率领众将官，浩浩荡荡外出围猎，少不得又迎上前去劝谏一番。

那夫差正在兴头之上，连一个字也听不进去，反责怪伍子胥横生枝节，多管闲事。伯嚭也在一旁肆意挑唆，说伍子胥专与夫差作对，有失臣节，气得伍子胥当夫差面和伯嚭大吵起来。

夫差不仅不责备伯嚭说话放肆，却颇为不耐地冲伍子胥大喝一声："相国你能否少絮烦几句?"

伍子胥当时气得浑身发抖，一句话也说不出来，回到家里便一场大病。后来齐鲁不和，先后来向吴国求助。夫差又听伯嚭怂恿，派伍子胥出使齐国，以免他在自己面前搅扰。

伍子胥一片忠心受此冷遇，自然感到十分愤懑。他觉得自己除了以死明志之外已经再无别的路可走，便决定乘机将自己十岁出头的儿子带到齐国，安排到一位交情甚笃的老友家中寄养，回来准备为国尽忠。

正要动身，太子友差人相请，说有要事同伍子胥相商。伍子胥素知太子贤明，通达事理，二话没说便起身前去拜见。

太子友一见伍子胥便含泪开口道："老相国！当今奸佞盈朝，豺狼当道，国家大事，端赖相国一人。今父王听信奸人谗言，着老相国远使齐邦，国势渐乱如大厦将倾，敢问老相国如何是好?"

"多谢太子殿下垂询。"伍子胥郑重回答："臣闻至严莫如君臣，至亲莫如父子。太子殿下与大王父子情深，自然应当犯颜直谏，而不宜坐视旁观。”

“老相国所言极是！”太子友点头道，“敢问老相国：昔日晋献公听信骊姬谗言，使长子申生自杀次子重耳出奔，三子夷吾困守屈城。今父王听信伯嚭谗言，内乱将至。为今之计，我是该学申生自杀，重耳出奔，还是像夷吾那般困守屈城?”

伍子胥回答：“献公三子皆有贤名，故可奔，可守，可以身殉国。今大王只有殿下一人，若学重耳夷吾所为，则吴国之国本将随之动摇。”

“那么以相国所言，我要学申生了！”太子友道。

伍子胥点头：“便学申生，又何难也！”

“多谢相国教诲！”太子友向伍子胥一拱手道，“老相国乃吴国两世鼎臣，当此国乱将作之际，不知心中有何计较?”

“这正是老臣近日朝思暮想不得其解之事。”伍子胥坦诚相告，“敢问殿下：昔日纣王有三大名臣，一曰微子，一曰箕子，一曰比干。纣王听信崇侯谗言，将微子赶走，让箕子为奴，将犯颜直谏的比干处死。今大王听信伯嚭谗言，国家将亡。为今之计，老臣是学微子去国，箕子佯狂，还是学比干直谏而死?”

“这个——”太子友略一迟疑，对伍子胥笑道：“我闻殷纣三臣，皆有圣德，故可以去国，可以为奴，可以杀身直谏。今吴国忠臣只太师一人，若学微子箕子之所为，则贤人隐遁，国家空虚也！”

“唔。”伍子胥点头。“如此看来，老臣要学比干杀身直谏了。”

太子友道：“便学比干，有何不可！”

“多谢太子殿下直言！”伍子胥也向太子友一拱手，“请太子殿下放心，老臣定然以身许国，绝不敢吝惜血肉残躯！”

两人各将心事剖明，都禁不住心潮起伏，热血沸腾。

太子友叮咛伍子胥：“相国使齐，早去早回，不可迟滞。须知我在这厢日夜盼望！”

伍子胥点头道：“老臣此去，即便图归，岂敢逗留？我回来，还要扫除奸凶，再提兵将那越国一举歼灭呢！”

那勾践在石室之中，含羞忍辱，抱怨衔恨，满腔去国怀乡之愁，恰似一江春水滚滚东流。尤其是每当夜雨缠绵，心事阑珊，薄衾不耐五更寒时，那种“天上人间”的失落之感，便像利剑般袭上心头。

一日，吴王夫差率众打围，前往姑苏台时路过石室，偶见勾践君臣依礼坐定，忍不住好奇动问：“兀那石室之内，中坐者是谁？”

伯嚭回答：“是越王勾践。”

夫差又问：“那右边端坐者是谁?”

伯嚭回答：“是越王夫人。”

“左边站着的呢?”夫差想要看清楚。

伯嚭回答：“是越国大夫范蠡。”

“哦，原来如此!”夫差感慨点头道，“想那勾践不过一小国之君，其夫人不过一裙钗之女，范蠡亦不过一草莽之士，当此流离困苦之际，犹不失君臣夫妇之仪。着实可怜可敬!”

“主公圣明!”伯嚭亦作悲悯之状道，“臣观勾践君臣夫妇，对主公确是心悦诚服，感恩戴德，每思报效，毫无怨尤。虽说是一小国之君，败折之臣，毕竟不同凡夫俗子，能够如此，确属不易。愿主公念他夫妻恭谨，君臣投顺，哀其穷困，略施宽宥，也显我主公气吞山河、威行四海、俯视天下、不计小嫌之气概。”

“这个贤卿不必多说，寡人心中自有计较。”夫差沉思道。见伯嚭仍在眼睁睁等自己说下去，他也不予理睬，只大声吩咐：“今天色已晚，不归宫都，寡人今夜便宿在姑苏台上。太子亦同众将校各自归帐房歇息。——左右！扶寡人到洞房深处，销金帐中，美酒羔羊，浅酌低唱，欢聚一回，多少是好!”

伯嚭见他如此兴致勃勃，知道他已为之心动，只做出一副若无其事的模样迷惑众人，也不说破。回到帐中，他立刻派人将此消息报与勾践君臣。

此后不久，夫差患病，一连多日不能临朝。伯嚭又差人暗告勾践，并说看来吴国局势将会发生大的变化。

勾践听说，十分高兴，对范蠡道：“前番吴王见我君臣谨守礼仪，感慨系之，言语之中颇有宽宥之意。今他患病，不知吉凶。大夫可否为我卜之?”

范蠡曰可，于是布卦占卜，仔细看过后告诉勾践：“那吴王虽患病在身，却于性命无碍。不日即可痊愈。”

“是么?”勾践多少有些失望。“俗语云人之将死其言也善，他若病愈，还肯对我略施宽宥么?”

“那可不一定。”范蠡见解与勾践不同，“以臣之见，那吴王患病，恰好是主公进取之机。倘若主公和夫人乘此机会前往问疾，蒙他召见，讨他欢心，增他悲悯见怜之意，则主公之东归，臣想为时不远。”

“是么?”勾践听得两眼一亮，“以贤卿所见，寡人该如何去讨他欢心?”

“臣想主公可相机行事。”范蠡替勾践出谋划策，“那吴王平日性情骄横，喜好酒色。平越之后，更是朝欢暮乐，毫无节制。如此下去，岂不身心俱损？只是目下尚非殒命之时，听说他近日腰酸腿痛，头晕眼花，厌见酒食，自谓必死。其实在为臣看来，不过是饮食失调，五脏有疾，对症下药，略加诊治，便会药到病除，壮健如常。”

勾践问：“五脏有疾，如何诊断？”范蠡回答：“大体而言，尝粪可知。”“尝粪？”勾践打了一个寒噤。“腥臭难闻，如何尝之？”“然只有尝过，才能详察病情。”范蠡回答。“不过寻常郎中，并不亲尝，只着那患者亲近之人尝之……”

勾践问：“尝粪如何辨得病情？”

范蠡答：“凡人之粪，必顺谷味。逆时气者死，顺时气者生。如今正当春夏之交，若味苦且酸，则可指日而愈。若味甜且腥，则不可救药……”

“明白了！”勾践悲切切仰天长叹。“想当初寡人亦是一国之君，如今国破家亡，社稷颓残，流离失所，身困命艰。夫人为我忍饥受寒，孤臣为我罹灾患难，还要……唉！我勾践活得好不是人也！”

夫人也忍不住在一旁伤心落泪道：“便是寻常人家妇女，亦能做饭菜，足衣食。妾身为一国夫人，如今连茶饭都无处去讨，还要含羞忍辱做种种微贱营生，教人怎不伤心断肠！”

“主公夫人且休难过。”范蠡安慰他们道，“主公夫人今日犹如蛟龙离水，云鸿杀羽，但只是一时之遇。总有一天，会重新凌空翱翔，直入霄汉。俗话说得好：丈夫志，游子颜。愿主公夫人一切从长计议，万勿因小失大。”

“寡人明白。”勾践痛下决心道，“既然如此，寡人明日便与夫人一道去谒见吴王!”

“正当如此!”范蠡高兴道，“主公在吴王面前要谦恭谨慎，见机行事，万万不可疏忽大意，致生他变。为臣这便设法告知伯太宰知道。”

次日一早，勾践夫妇便在伯嚭精心安排下，前往宫中向吴王问安。

刚到宫门口便见内侍捧着盛有吴王粪便的锦桶走出宫门。为掩腥臭之味，那锦桶遮盖得严严实实。

勾践见了，迎上前去，拦住内侍便要掀那桶盖。内侍不知就里，茫然问：“你……你要何干?”

勾践并不说话，只掀开桶盖，用手指蘸了一点粪便，放到舌尖上尝了一尝。然后，走到在宫门口等着的伯嚭面前行礼禀报：“太宰大人在上！我刚才尝过大王之粪，知大王当在近日初愈，不久全妥。”

“是么？”伯嚭早已看见方才一幕，正自惊奇，听勾践如此说，不禁面露喜色道：“好好好！请殿下在此少等，待下官进宫向大王启奏，方可进见。”

说罢进宫，喜气洋洋向夫差禀报：“启奏主公！臣适才去观主公之粪，恰遇越王勾践夫妇入宫问疾。越王见锦桶储粪，跪而尝之，说主公之病不过是肠胃微恙，不消数日即可痊愈。”

“此话当真？”夫差正自病痛难忍，听到此讯，不觉精神一振。

伯嚭道：“为臣岂敢欺瞒主公！再说那越王勾践也不是信口开河之人。他既如此说，臣想总有他的道理。主公何不着他进来问个究竟？”

“倒也是。”夫差听得连连点头。“那勾践夫妇，现在何处？”

伯嚭忙答：“现在宫门，不敢擅入。”

“有这等事！”夫差过意不去道，“快去请他夫妇入来！”

伯嚭刚带领勾践夫妇进宫向夫差行礼叩见，夫差即迫不及待发问道：“勾践，寡人听说你方才尝过寡人之粪？”

“正是。”勾践低头回答。夫差兴致勃勃接着问：“你怎知尝粪可诊寡人之疾？”

“启奏大王!”勾践回答。“贱臣一向喜读草木之书，颇解岐黄之术。从医书中得知凡人之粪须顺谷味，逆时气者死，顺时气者生。适才尝过大王之粪，其味苦而且酸，正应春夏之气。以贱臣之见，当在己巳日初愈，交壬申月全妥。”

“唔，唔。有理，有理!”夫差听得大喜过望道，“寡人之疾缠绵有日，本以为病势沉重凶多吉少，不想还有这等转机。也难得你有如此诚心。好人，好人哪，勾践!

“人说至亲莫如父子，至爱莫如夫妻。可寡人一病数月，我家太子一日只是来看我一次，我家王后也只两日来看我一次，刚一闪面便不见了，连体己话儿也不多说几句。莫说尝粪，汤药都不见递我一盏。

“唉！勾践，你一个败亡之君，疏远之臣，石室养马，受了许多苦恼，不仅不怨寡人，倒对寡人如此孝顺。真真是难得的好人一个！好人哪！咳，我还要我那王后儿子何用!”

“大王在上!”勾践长跪在地，大声回应，“吮痈含血，乃臣子当为之事，大王不必放在心上。贱臣即刻献书一药单，请大王服用，静候病愈。”

“遵命遵命!”夫差笑逐颜开道。“太宰！倘若寡人之疾果然痊愈，越王尝粪之恩，不可忘也!”

“主公英明！”伯嚭乘机恭维道，“诚能如此，不光是越王，臣想普天下人都会感念大王恩德的！”

此时夫差忽然心生一念：勾践来吴已逾两年，循规蹈矩，忠诚不二，且性情温和，度量宽宏。既然如此，自己何必与他过不去！不如病愈之后，备酒相谢，然后送其离吴归越。如此一则显自己霸主度量，二则可结吴越两国永世之好，岂不两全其美！

不出范蠡所料，勾践夫妇探望夫差病情并献上药单请夫差服过药物之后，夫差的病情便开始好转，不到初夏，竟霍然而愈。这使夫差有说不出的高兴。为此，他颁旨举国上下军民人等，无论在他登基之后还是患病期间，已发觉或未发觉的，已结案或未结案的所有罪犯，一律赦除，以示宽宥。

到了端阳佳节，他算勾践来吴已整三年，更命臣僚置酒殿中，还在蛇门外设起祖帐，打算隆重礼送勾践回越。

“主公差矣！”伍子胥闻讯大惊，连忙赶上殿去劝谏夫差道，“那勾践外具谦和之貌而内怀凶恶之心，恰如落入陷阱之虎做出一副可怜驯顺之态。主公不杀他便已对他恩德匪浅，如今还要放他回去，岂不是纵虎归山？我看他有一日羽毛丰满，非扑过来吃人不可！”

“是何言语!”夫差毫不掩饰自己的厌恶之情训斥伍子胥。“寡人一病数月，相国并无一句好言相慰，是相国不忠；寡人患病相国亦无一件好物相送，是相国不仁。为人臣而不忠不仁，要他何用?

“可越王勾践舍其土地，千里来归，身为奴婢，无怨无恨，其忠无比；寡人有疾，亲为尝粪，随侍汤药，尽心尽力，其孝其仁，举世无双。如此贤人，相国不思效尤，反倒屡欲加害，是何居心？可恶，可恶!”

“主公!”伍子胥忍无可忍，大声抗辩，“臣闻虎狼欲击，先屈其身。那勾践是何等样人，岂肯甘心长此为奴？他不过是佯做孝顺之态，实则伺机逞凶罢了。他下食主公之粪，为的是上食主公之心，只求主公宽赦其罪，放他回去卷土重来。主公！老臣不敢怕死，只恐有负先王。若主公不加省悟，一旦等到江山社稷变为丘壑，便是后悔，也来不及了。主公，你万万不可掉以轻心啊!”

“嘻嘻！老相国果然善以危言耸人听闻!”伯嚭见夫差动怒，跟在一旁狎肩讥笑道，“老相国，你休要不知自责但知责人。下官问你，便以越王尝粪来说，老相国你做得出来么?”

“太宰休得再提此事!”伍子胥鄙夷不屑回击道，“吮痈尝粪，非常人所为。有非常之举者必有非常之心。勾践身为亡国之君而甘心尝粪，恰恰表明他居心险恶用意有别。难道太宰指望他对主公一片忠诚么？太宰如此卖力一再替那勾践说项，是何用意?”

“老相国怎的如此说话?”伯嚭像被火烧了一般直跳起来叫屈。“下官不过是赞同大王宽赦为怀，彰信天下，老相国便如此含血喷人。大王您看，您看这……”

“好了好了，莫再絮叨了!”夫差颇为不耐地打断两个人的话，“寡人还要礼送越王出邦，没工夫听你们争吵这些！——太宰！传寡人谕旨：速请越王夫妇和范蠡大夫早早赴宴!”

伍子胥见夫差如此说话，不禁从头顶冷到脚跟，二话没说，便气呼呼地转身下殿而去。

不一刻，勾践夫妇及范蠡君臣三人应邀前来。一见夫差，三人便俯伏叩首，一再拜谢：“贱臣勾践等蒙大王旷世鸿恩，得附樽俎之末，诚惶诚恐，不胜感激之至!”

“免礼，请起!”夫差和颜悦色吩咐，“寡人念先生尝粪诊病之恩，日夜不忘于怀。今日端阳佳节，特具宴席于前殿之中，更设祖帐于蛇门之外，礼送先生离吴返越。”

“多谢大王!”勾践感激涕零，泣不成声道，“生我者父母，育我者大王。贱臣勾践定将永记大王恩德，常思报效。若背信弃义，天诛地灭！——愿大王千岁千岁千千岁！”

“罢，罢。”夫差豁然大度一挥手道，“愿先生同之。——将酒来！”待内侍捧过酒盏，他又吩咐献与勾践道：“越王明白寡人今日为何设此酒宴么？想寡人心意，你也清楚。但愿你休忘了今日辞吴，牢记当年栖越时节。”

“大王恩德如山，微臣岂能忘记！”勾践捧酒过额，低头回答，“微臣自知罪恶深重，今蒙宽赦，大王之恩波似北海汪洋，无边无涯。微臣别无所愿，只望大王寿比南山，长生不老！”

“贱妾这厢也多谢大王！”勾践夫人再也忍不住珠泪滚滚道，“三年了，贱妾珠翠不佩，裙褶空空，别情无限，泪珠滴血。我避难到此，原是北地宾鸿，如今乘风归去，又做东邻蝴蝶……”

“大王听启！”范蠡唯恐勾践夫妇真情流露引起夫差疑心，连忙接过话头说道：“我家主公和夫人身受隆恩，不忍离去，曾发誓要结草衔环，舍身图报。试看天下诸侯，还有谁能如大王这般宽宏大量，继亡存灭？我等既以作大王臣民，还望大王莫当隔墙枝叶看待！”

“范大夫说哪里话！”伯嚭在一旁笑嘻嘻开口道，“大王既已赦你等君臣回国，自不会将你君臣当外人看待。你等只消打叠行装，放心起程便了。只是长途跋涉，莫要忘了我家主公教诲之恩，时时记着尽忠尽义。回到越国，每年贡献也是不可缺少的!”

“这个不消太宰吩咐。”范蠡不等勾践吱声便爽然答应，“我家主公务必时时铭记在心!”

“好了好了，饮酒饮酒!”夫差喜气洋洋打断他们的话道，“太宰传我谕旨：给越王备好銮舆法驾，鼓吹旌旗。待盛宴之后，寡人率百官礼送越王到蛇门之外!”

盛宴结束，殿上殿下响起一片鼓乐之声。接着，早已备好的銮舆法驾在笙歌簇拥之下缓缓而来。夫差亲率群臣将勾践君臣直送到蛇门之外。沿途围观军民不计其数，赞扬之声不绝于耳。

夫差听不少人在称赞越王意气昂扬，越王夫人容貌出众，大夫范蠡英烈无双时，也异口同声赞许自己胸怀远大，气吞宇宙，虽齐桓晋文再世也不可比拟，不觉有些飘飘然起来。待勾践君臣上船，又转身向他叩头道别时，他喜滋滋大声发话：“越王！寡人礼送你荣归故乡，适才席间所言，不可忘也!”

勾践俯伏船边亦大声发誓：“大王放心，勾践若背信弃义，天诛地灭！……愿大王千岁千岁千千岁!”

船一开动，勾践便忍不住热泪涌流，仰天长叹道：“天哪！春雷动地，愁云风卷，不觉便是三年了！可怜梁上燕儿年年一回家，我勾践一去几载不归。唉！范大夫，寡人几年来居于蒺藜之中，入于幽谷之内，颜色憔悴，志气颓唐。今日虽活着还乡，又有何面目见江东父老！"

"主公差矣！"范蠡含笑宽慰他，"主公今日脱身虎窟，蜕骨龙潭，已非几上之肉，池中之物。此事理应欢呼庆祝，为何反说出无颜见江东父老的泄气话来？"

"话虽如此，"勾践道，"大夫难道不知寡人这三年想来如同一场噩梦？"

"是啊！"夫人点头，"这三年委实是一场噩梦。"

"好在这场噩梦已经过去。"范蠡依旧笑着道，"臣闻安不忘危，治不忘乱。主公，夫人！当此过江之时，为臣有一言奉启……"

勾践道："贤卿但讲不妨！"

"好！"范蠡敛去笑容，缓缓开口道："主公，夫人！劫后余生，能有今日，委实不易。愿主公夫人归国之后勿图欢乐，要报大仇，千万不可忘了三年执役之辱，时时牢记代人尝粪之耻。主公！您浮苦海，涉大川，千里浪里得回船。身虽受辱，志却要坚，一定不失我越国一国之主的恢宏气度！"

"哦！"勾践听得此话，怔愣许久，方才发誓般回答："大夫放心！这些话，勾践一字一句都记住了！”

到了越国，文种、泄庸等一干大夫，早已闻讯率领群臣百姓在江边迎接。勾践见到他们，又忍不住悲从中来，含泪招呼：“诸大夫请起！寡人国破家亡，身入异邦，本已绝了生还之望，不意今日还能活着返回故乡。此皆群臣百姓之护持也！”

文种诸人跪地欢呼：“此乃主公夫人之洪福，更赖大夫范蠡之奇谋！愿主公夫人千岁千岁千千岁！”

“愿夫人、范大夫与众大夫同之！”勾践满怀深情拭泪回答：“想寡人囚吴之日，夫人恭身执作，范大夫艰难周旋，文大夫与诸大夫勤劳邦国。若非你等全心护佑，则寡人屡作沟渠之鬼，越国亦久为麋鹿之场。今寡人新归，尚未临朝，欲敬陈小宴，聊申谢忱。不知众大夫意下如何？”

“臣等遵旨！”众人一齐高声响应。

席间，勾践高举酒盏，一一向群臣敬酒致谢。范蠡文种向他进言：“主公！昔日之越非主公之越，乃夫差之越也，而夫差弃而不用。今日之吴，非夫差之吴，乃主公之吴也，主公岂能坐而忘之！”

“哦！”勾践捧酒正欲畅饮，听得此言，不觉一怔，“二位大夫此言何意？”

“主公!”范蠡文种跪地奏道。“为今之计，当废寝忘食，早夜劳心，养精蓄锐，以图雪耻。诚能如此，则国家幸甚，社稷幸甚，小臣幸甚，万民幸甚!”

“多谢贤卿提醒，寡人明白了!”勾践忍不住动容道，“诸位大夫！寡人今日便在此设誓：自今日起，寡人务要劳体操心，旦夕不懈。若目困则熏之以蓼草，若足冷则浸之以冰水。冬则抱冰而坐，夏则握火而居。积薪于室，夜卧其上；悬胆于户，出入尝之。

“还须令易人站立门首，待寡人经过之时厉声喝问，勾践！你忘了会稽之败么？你忘了养马之苦么？你忘了尝粪之耻么？让寡人心心念念，要复大仇。不知诸位尊意如何?”他说着，“砰”一声，将手中酒盏猛掷在地。

众人一惊，接着立刻醒悟过来，跟着范蠡文种齐声回答：“主公英明！若得如此，是我国家社稷之福也!”

“夫人!”勾践回头对夫人道：“你我原是虎口余生，这奇耻大辱车载斗量。从今往后，寡人发誓苦心劳力，不贪欢爱。还望夫人多加提醒!”

“大王放心!”夫人深深一点头道，“妾与大王三载归来，亲遭困苦，双眉未展，端赖群臣百姓将国家社稷保住。如今妾身贱躯亦浑然不似旧时娇态，宁愿跟大王同甘共苦，度尽余生!”

“多谢夫人！”勾践向夫人深施一礼，转身又对群臣开口：“诸位大夫！俗语云，前车之覆，后车之鉴，我等君臣今日方从虎口脱身，切莫认作国泰民安之时也！”

这时，文种向勾践献计道：“主公！臣闻五色令人目眩，五音令人耳聋；妙舞轻歌乃害人之媒，皓齿蛾眉乃伐性之斧。那吴王夫差酒色无度，依臣之见，不如妙选美女以进吴王，一则显我臣服之情，二则增其荒淫之志。”

“善哉斯言！”勾践不等他话说完便接连点头，“如此则吴王奸邪进用，忠臣见疑。在彼则国力日微，在我则坐观其变。妙哉！——只是那吴王嫔妃如云，非姿容盖世，国色天香者，难能笼络其心。如此佳人，何处去找？”

“这个好办！”文种胸有成竹道，“只须主公下令，差人寻访，命每邑精选十人，倘有绝色，即可留用。”

“也罢，即依大夫所奏。”勾践立刻点头答应，“不知范大夫尊意如何？”范蠡回答：“此计甚佳！”

于是，勾践立刻下旨国中，拣选美女，入宫候用，将那姿色最为出众者加以训练，然后送到吴国去惑乱夫差。

浣纱记

选拣美女之事似乎并不怎么顺利。时间一天天过去，被派出选拣美女的官员走遍山阴会稽余姚上虞，都没有发现姿色特别出众的。

这使勾践十分烦恼。

一天，选美官员从诸暨回来，说是选到一位最好的，乃是处女，家住苎罗山下若耶溪旁。此女姿色出众，美艳无比，谈吐儒雅，世所罕见。

“只是，只是……”选美官员悄悄瞟了站在勾践身边的范蠡一眼，吞吞吐吐不往下说了。

范蠡觉得事有蹊跷，立刻警觉起来，故意做出漫不经心的样子随口问：“此女何人？家居何处?”

“她，她……”选美官吭吭哧哧，欲言又止。

勾践见状大疑，满面不悦道：“有话不说，是何缘故？莫非存心欺蒙寡人不成?”

“小臣不敢!”选美官扑通一声跪在地上鼓足勇气道：“那女子住在苎罗山下若耶溪旁苎罗村，姓施名夷光，因住西村，人称西施。小臣是无意之中发现她的。据她自己说，她已与范……范大夫借溪水之纱订下终身……”

“哦?”勾践细眉一皱，转脸问范蠡：“可有此事?”

范蠡觉得脑后嗡地响了一声闷雷。沉思片刻，他据实回答：

“启奏主公：确有此事。只是她虽以纱许臣，因臣事冗，并未娶回。今若进用，即当奉上。”说着忍不住拭了一把头上的冷汗。

“这如何使得!”勾践断然摇头反对。“虽未婚娶，已做卿妻子，将其献出，恐无此理。”

“主公差矣!”范蠡忍着心中苦楚强笑道，“臣闻为天下者不顾家，何况她是未娶之女。请主公不必多虑。”

“唔，这个……”勾践拿不定主意，回头问文种：“不知文大夫意下如何?”

文种想了想，回答道：“依臣愚见，主公不妨一面继续派人搜寻，一面留那西施备用。倘有别的绝色之女，即当送吴。如求而不得，无可奈何，也只好用范大夫所聘之女了。”

“也好。”勾践点头对范蠡道，“寡人看便如此办理了。”

“启奏主公!”范蠡毅然决然道，“依臣愚见，不如便送西施为宜，也免得国内百姓劳动。”

勾践思忖许久，终于决断道：“好，准卿所奏。明日卿可亲率车马人众前去迎取。”

范蠡次日清晨便率领一干车马人众浩浩荡荡开往诸暨。

一路之上，他只觉心乱如麻，忧思重重。一面想到国家事体重大，不容吝惜儿女私情，一面又感到辜负西施，毁背前盟，于心不安。故而到了苎罗山口，他便下令车马人等一律止步，自己则仍照三年前的老样儿改换衣裳，只带一个贴身随从进村去找西施。

他打算先说得西施心肯意从，然后再让车马进村迎接。边问边找来到西施家门口，只见门临流水，背靠青山，茂林修竹，花树掩映。藤编的院门紧闭着，篱笆内的菜花上有一只只彩蝶翩翩飞舞。范蠡沿着曲折的小径走到门口，抬手轻叩了几下，提高嗓门招呼："请问家里有人么?"

"是哪个?"一个娇滴滴的声音从门内传出来。

是西施！范蠡的心忍不住一跳，他退后一步，轻声回答："是我。"

"你？你又是谁呀?"西施一面自语，一面小心翼翼地打开藤门。

当她发现面前站的是范蠡时，忍不住吃惊得连退了好几步，几乎是上气不接下气地失声叫："啊呀！我以为是谁呢，原来是——你!"

“且喜小娘子在家里。”范蠡朝她深施一礼道，“日前下官曾有一信差人送来，不知小娘子收到与否?”

“收到了，收到了!”西施一面又高兴又有些慌乱地回答着，一面求助似地四面张望。“啊呀你看，我母亲病重在床，父亲又出门不在家，这……这该如何是好？家里连坐的也没有……”

“无妨，无妨!”范蠡大大方方一拱手道，“若小娘子不在意，容下官进门奉拜高堂，兼有要紧话与小娘子讲。”

“尊官请！尊官请!”西施手忙脚乱地让着范蠡，满怀歉意向范蠡解释：“我家蜗庐狭窄，尊官不要见笑。”

待范蠡进门，她又想起还没有向范蠡行礼，搬了把椅子放下又朝范蠡补了一福道：“尊官万福!”

“小娘子拜揖!”范蠡忍住心中刺痛强笑着答礼，接着又解释：“小娘子知道，范蠡因为君父蒙难，拘留异邦，有背深盟，实实惶愧……”

“说哪里话?”西施毫不在意道，“尊官拘系，小女子尽知。但国家事大，婚姻事小，小女子岂能以一身之微使尊官负万姓之望。”

好一个深明大义通达事理的小娘子！范蠡在心中暗暗赞叹，一时竟不知千言万语该从何处说起。沉思许久，他方才艰难地开口道：“小娘子！下官不知进退，有一句话想对小娘子说，不知小娘子肯听与否?”

“这是什么话?”西施惊异地扬起细眉道，“你我既已结为姻亲，还有什么话不好说得？尊官有话，但说无妨。”

“咳！是这样的，小娘子……”范蠡字斟句酌，小心翼翼开口道，“下官回去，本欲与小娘子就谐二姓之欢，永结百年之好，岂料国破家亡，君系臣囚。幸赖主公用下官浅谋，得从吴国归回。今吴王荒淫无度，迷恋酒色，主公欲在国中搜求美女以逞其欲，不料找遍国内再无其人……”

“唔?”西施两眼露出吃惊的光芒，怔怔地问：“尊官所说是何用意？小女子我……我听不懂。”

“是……是这样的，小娘子……”范蠡躲着西施的眼光回答，“下官想来，只有小娘子仪容绝世，主公亦有寻芳之心，故而特意遣下官来访。不知小娘子意下如何?”

“啊!”西施闻言大惊，几乎失声跌倒在地。她连退几步，满面难以置信地问范蠡：“尊官此意，是要将小女子奉送与吴王?”

范蠡没有勇气看他，只低头回答：“正是。”

西施呆住了。她睁大一双亮闪闪的眼睛直盯着范蠡看了好一会儿，直到相信范蠡所说并非戏言，这才忍不住声泪俱下，泣不成声地哭诉道：“尊官！小女子不过是一田姑村妇，荆钗布裙，岂宜到秦楼楚馆去珠歌翠舞？况且既已身许尊官，三年以来并未敢忘。三年之中，小女子无时无刻不在挂念尊官安危，无时无刻不在想着尊官。尊官既已以身许国，小女子岂能以身许人！小女子日日夜夜思念着尊官回来，不想盼星星盼月亮盼得尊官从吴国回来，却要将小女子奉送他人！尊官！你为国计，请另访他人。小女子此身，只恐难得移彼易此！”说罢以袖掩面，恸哭不止。

“小娘子切莫悲伤，听下官细细道来。”范蠡慢言细语安慰西施：“下官岂不明白小娘子一片心意？只是社稷兴废，全在此举，万民休戚，系于一身。若小娘子能飘然一往，则国可存，我身亦可保，你我后会，尚有时日。若小娘子执意不从，则国必亡，我身亦必死，虽结姻亲，又有何用？那时小娘子与下官同为沟渠之人，又何暇去求百年之欢？”

“尊官心意，小女子岂不明白？”西施眼泪汪汪抬起头道，“只是小女子悬望三年，自谓终身可了，哪知平地又起风波，三年想望化为泡影。好苦楚人啊！难道小女子便如此薄命？早知如此，还不如当年那般天涯海角异国飘零，小女子心中还有一线指望……”

“下官又何尝不是如此？”范蠡也忍不住潸然泪下道，“一别三年，两地悬望，下官日日夜夜放心不下。听说小娘子还为下官害下心痛之病……小娘子！不是下官忍心将你送与他人，委实是江东百姓全赖小娘子舍身搭救。小娘子！下官这厢有礼了，你就答应了下官吧！”说着便要向西施下跪。

急得西施连忙上前拦住他道：“尊官休得如此，折煞小女子了！既然尊官以为非要如此办理不可，小女子只好勉力应承。待小女子进去禀报过母亲再说……喔，我好苦楚啊！”说罢掩面哭向后堂而去。

范蠡急忙向外吩咐：“众军士何在？快取冠带过来，请小姐换过！”

不一刻，西施扶着病母含泪走出，见过范蠡。范蠡少不得又向老人家讲说了一番因由。此时街坊邻居闻讯，都来探望。听说西施即将入宫，有关心的，有赞叹的，有艳羡的，有惋惜的。西施母女在人群中哭哭啼啼不忍分手。

最后，还是她的几个闺房好友答应替她照料久病床褥的母亲，直到她出门在外的父亲回来，西施才在众人簇拥之下洒泪乘车而去。

勾践见到西施，惊得目瞪口呆道：“啊呀，果然是国色天香，绝世无双！不意我越国竟有如此美人！范大夫好眼力也！范大夫，寡人这厢多谢你了！”

范蠡淡淡地应了一句，“岂敢!”便不再多说话。

勾践又目不转睛地盯着西施道：“美人，此番寡人委屈你了!念我国家社稷危如悬磬，如今全赖你去拯救。若还能够枯树逢春，僵木再生，寡人务必率领群臣百姓，拜谢美人!”

“多谢大王谬奖!”西施低头施礼道，“只恐小女子资质凡庸，容貌丑陋，不足以符大王之望。”

勾践问：“不知美人可学过歌舞?”

西施回答：“小女子出身贫寒，蓬茅成性，荆钗布裙，浣纱度日，何曾知道歌舞!”

“不必担心!”勾践哈哈大笑道，“待寡人即刻命范大夫传下号令，点选宦官五十名，宫女一百名，宝马香车，旌旗鼓吹，服侍美人到西城别馆中居住，着娘娘亲自教你歌舞!”

第二天，勾践夫人果然来到西城别馆教西施学歌习舞。她先将西施上上下下打量了几遍，才不紧不慢地开口道：“美人，你知道否?自古以来号称绝色者，第一是容貌，第二是歌舞，第三是体态。若容貌虽好而歌舞未谙，不足为奇。歌舞虽通而体态未善，亦不足为妙。你的容貌不必说了，我至今还没有见过比你生得好的。不过歌有歌体，舞有舞态，一定要态度悠娴，行步袅娜，才能动人。我本打算派老宫娥前来教你，又恐你被她们教坏了。再加上大王不放心，故而不得不亲自前来……”

“多谢娘娘！”西施伏地叩头道，“娘娘如此教诲，西施敢不尽心！”

“好罢，起来。”勾践夫人用下巴颏向她示意。待西施敛衣起身，她又缓缓开口问：“美人！你知道歌有什么用么？不知道？好，听我说——

“歌，乃是用来陶冶情操，养人性情的，因此才在阳春之际动于花下，子夜之时奏于房中。古人有《白水渌水》，《玄云白云》，《江南淮南》，《出塞入塞》之曲。唱这些曲儿时，须要音声嘹亮，腔调悠扬，切忌摇头合眼，歪口嘬唇。即今江南佳丽之地，多用《白苎》，《采莲》之曲。唱得好，管教它飞尘歇云，春风满座。你听我先为你唱一首曲儿。”

说罢凝神顺气，唱道：

香喉清俊，听缥缈香喉清俊，似珠盘内滚，向秦楼楚馆绮席华茵。见莺声风外紧，袅袅起芳尘。袅袅起芳尘，婷婷住彩云。双黛愁颦，两眼波横，羡清歌入妙品。难消受花间数巡，难消受花间数巡。怎禁得灯前常近，一声声怨分离欲断魂。

那勾践夫人本是歌中魁首，她一动唇，则飞声流转，余韵飘扬，虽秦青韩娥亦难匹配。西施听得如醉如痴道："娘娘恰似天仙下凡，人间哪得闻此仙音！"

"好了，好了，不必奉承我了。"勾践夫人微微一笑，立刻板起面孔接着道："且听我再讲学舞之道——美人！知道舞有什么用么？舞，乃是用来导人沉滞，爽人筋骨的。故而才在春风之中起于筵上，夜月之下起于楼头。古之名舞有'翥凤翔鸾'，'萦尘集羽'，'折腰翘袖'，'激楚扬阿'。舞动之时，务要俯仰应声，抑扬合节。今吴宫越殿之内，多用回风转波。舞得好，舞姿娉婷出群，舞态盘旋轻迅，纵横俯仰，纤尘不生。你看我先为你舞来……"说着轻舒玉臂，曼施广袖，在西施面前舞了一回。只见奇姿崛起，逸态横生，虽惊燕游龙，亦无可比拟。

西施又看得神魂颠倒道："娘娘果真舞姿超群，仪态万方，我辈不知下几多工夫方能学会！"

"不难！"勾践夫人几乎是点着鼻尖儿教训她："只要你默记要领，每日演习，也便是了！"

接着，她教西施跟着她唱了几曲，舞了几回，又让西施自己且唱且舞，演示一番。见西施天资聪颖，一学即会，也忍不住欢喜起来，吩咐西施："今日暂歇。明日我来接着演习!"

此时勾践采取范蠡所进"十年生聚"之策，令国中壮年人不得娶老年之妇，老年人不得娶壮年之妻，女子十七不嫁，男子二十不娶，其父母双亲都要判罪。听说吴王与齐晋楚三国有近仇，又接受范蠡"私亲于齐，深结于晋，阴和于楚，厚事于吴"之谏言，巧妙地离间吴国与诸侯列国之间的关系，暗中形成合纵抗吴阵线。

进献西施于夫差，便是"厚事于吴"的一件大事。眼看西施已经将夫人所教歌舞演练精熟，勾践便命西施进宫，当面颁发谕旨道："美人！当日文王被囚于羑里，其臣宏夭求得有莘氏之女献于殷纣，换回文王，使天下归周。寡人被吴囚系三年，羞辱之事不可尽述。吴王之恶，逾于殷纣，而美人之貌，过于有莘。寡人欲认美人作姑母，谎称美人为前王之妹，将美人献之于吴，诱那吴王恋酒迷花，去贤取佞，使寡人之仇可报，而美人旧日之盟亦可续。不知美人意下如何?"

"大王!"西施款款回答，"民女受大王娘娘提携，自当粉身碎骨以报恩义。但恐自家资质菲薄，不堪重托……"

"咳！美人国色天香，仪态绝伦，何必见辞!"勾践不等西施说完便打断了她的话。“若得美人见允，则寡人夫妇万幸，群臣百姓万幸。后会有期，毋相忘也！”

西施无奈，只好含泪应允：“谨领教旨，岂敢遗忘！”

“如此则美人请上座，待寡人与群臣拜恳！”勾践说着，率领夫人群臣，一齐向西施拜过。

西施一一回拜了，又向范蠡、文种说道：“二位大夫在上：我西施一裙钗之女，蒙君王重托，务须捐生报主，在所不辞。只可怜我一纤纤女子，孤身只影，远别乡关，天南地北，不知何年何日才得再见？”说着眼中泪珠，早沿着两腮直落下来。

文种竭力安慰她：“美人不必伤心。如今我群臣尚难奋身向前，只在这里拉弓上弦，还仗美人风花队里去收飞箭。美人今日虽远别家乡，然主公群臣及举国百姓都记着你。倘他日异国立功，四海之内，青史之中，也要将美人姓名广为流传的！”

“范大夫！”勾践见范蠡敛眉不语，知他心中难过，有意体谅道：“你可整点车骑画船，亲送美人到吴国去。”

“为臣遵旨！”范蠡只回答得一句，便什么话也说不出来了。

赴吴途中，范蠡一再安慰西施不必愁烦，越国总有一天要打败吴国，到时候一定会接西施回来。西施泣不成声道：“事至如今，西施还有何话可说！悔只悔当初你我溪边相逢，以身相许，三年姻缘，尽付东流。三年里我为你心常病久，相见之后更添消瘦。想不到终究还须漂流异国，不得团聚。我纵然梦到家乡的山山水水，也害怕再走到那浣纱溪头啊！”

“咳！天下事，不由人。”范蠡长叹一声道，“下官何尝不想与你早谐鸾凤，白头偕老？只因为国家有难，大故迭起，拖延至今，姻亲未就。今日恩爱成空，未曾消受，看来也是下官时运不济，无可奈何！”

“似这等驰驱千里去寻婚媾，又算是哪一门子事儿呢？”西施痛心疾首埋怨。“我将心上人儿抛到一边，却去向旁人强颜欢笑，想起来就觉得羞愧难当！这一去，天遥路远，倘有一日死在吴国，只怕连尸骨也无人收拾，更不消说将来留下千古骂名了！”

“美人不必如此想。”范蠡悉心开导她，“你天性聪慧，无人可比，有些话，下官不说你也明白。你这番去吴，以一己之身换得一国之安，恰如文大夫所说，将来史书上也要广为流传，岂会留下什么骂名？再说姻缘之事，也难筹定，暂且分别，也是常有的事。你看那天上牵牛织女，不也是一年才见一次面么？明年此日，喜鹊桥边，下官一定诚心相候。只盼美人在异国他乡务须爱惜自家身子，切莫辜负下官一片深情啊！”

“多谢尊官！”西施勉强收住泪水道，“为报君王恩义，西施不辞奔走。只是孤身一人，愚昧纤弱，难得参透官场机巧，万一有失，如何是好？”

“不必过虑。”范蠡替她出主意。“你到吴宫，只记着一条，便是千方百计惑乱吴王。无论何时，都须仪态大方，精神抖擞，千万莫要藏头露尾，缩手缩脚，让人家看出破绽来。一句话：向花营唇枪暗撑，遇锦阵心兵休露。你可记住了？”

“记住了。”西施含泪点头，没再多说话。

此时范蠡想起一件事，走到西施身边道：“小娘子，你今要离乡远行，下官身上还留着你当年所赠之纱，下官今日谨……谨当奉还。”说着便要拿出袖筒中纱卷，递给西施。

西施见纱，泪下如雨道：“尊官此举是何用意？莫非是奚落小女子言而无信，违背旧盟么？”

“小娘子说哪里话？”范蠡强忍揪心之痛，强笑道：“下官还纱，别无他意，无非是要让小娘子身在吴宫，时常省思，虽处朝欢暮乐之中，不忘故乡恩义之情。倘有朝一日你我重逢，将它拿出来作为见证，也可算得一件故事啊！”

“尊官说得是。”西施含悲忍泪道，“既然如此，我与尊官各分一半，也免得此纱不在，尊官便将小女子忘了。”

“甚好，甚好！”范蠡将白纱交到西施手中，眼见得她将其一分为二，郑重其事接过分给自己的那一半，满怀感情对西施说道：“小娘子！下官夜观天象，越方指日兴隆，吴方必定败亡，你我相聚之日不会太晚。小娘子，你就放心前去，只等下官前来接你吧！”

西施抬手拭了一把泪水，勉强笑道：“谁知相逢之日在何年何月？但愿尊官莫像那江中流水，一去便不回头了！”

说话之间，不觉已经来到大江边上。一阵秋风吹起，树叶纷纷飘落下来。一只孤雁发出长长的悲鸣，扑打着翅膀从天上飞过。

范蠡因要先到江北去报信，便独自乘舟先行一步。待西施过江之时，他再返回在对岸迎接。

此时吴宫之中，吴王夫差正和伯嚭诸人商讨伐齐事宜。

因夫差前日昼卧姑苏台做了一个怪梦，梦见自己来到一个唤作章明宫的奇怪所在，只见宫中两口大锅正在蒸饭，两只黑犬南北狂吠，两把铜锹深插宫墙，殿中大水滚滚流淌，殿前梧桐枝叶横生，后宫之内，隐隐传来打铁之声……他担心此梦是否应着伐齐，便问伯嚭：“主何吉凶？”

伯嚭略加思忖，笑嘻嘻回答："美哉主公此梦！"

夫差问他："美在何处？"

伯嚭回答："它应在伐齐必胜！"

夫差又问："何以见得？"

伯嚭抬头眉飞色舞道："臣闻'章明'二字，乃破敌成功，声势朗朗之意。那两锅米饭煮而未熟，表明主公盛德，气势有余。两犬吠南吠北，预示四夷宾服，诸侯来朝。两锹深插宫墙，显系百姓尽力，田夫耕作。流水入殿，乃邻国进贡，财货充足。后宫打铁，乃宫女悦乐，琴声相谐。殿前梧桐枝叶横生，便于制作琴瑟，音调和美……主公！这确是一个好梦。看来此番伐齐，是一定要旗开得胜，马到成功了！"

"有理。有理。"夫差听他讲得头头是道，由不得也跟着点了点头。但此梦毕竟做得蹊跷，伯嚭的说辞并不能让他放心。听大夫王孙骆说隐居于城西阳山上的异人公孙圣多见博闻，极善占卜，便命王孙骆速去召来，不得有误。

王孙骆刚刚转身离开，内官忽报："越国大夫范蠡求见！"

夫差下旨："着他进来！"

范蠡进宫施礼道："东海寡君勾践久失修敬，特遣贱臣少申问候。兼有前王之妹，寡君之姑，名唤西施，颇晓歌舞，今遣小臣送上，以备洒扫。”

“哦，有这等事！”夫差听得大喜道，“范大夫，远劳厚情！——美人如今在何处?”

范蠡回答：“在宫外。因未奏大王，不敢擅入。”

“咳，这个便是多礼了！”夫差喜不自胜催促道：“烦大夫速速与我引将进来!”

西施跟在范蠡身后进来了。她娉娉婷婷走到夫差面前，向夫差道了“大王万福”，便低眉顺眼跪了下去。

夫差目不转睛盯住她看了好一会儿，见她果然天姿国色，绝世无双，后宫诸姬竟无出其右，只喜得抓耳挠腮，心花怒放，连赞了几声“好一个美人儿”，转脸对范蠡笑道：“哈哈！范大夫，越国果然是人才济济呀！你方才说这个美人儿她叫什么？……啊对，叫西施！是西施！她——她既是你家主公之姑，你家主公就该唤寡人姑爹了。是否？哈哈哈哈!”

“那是当然的了!”伯嚭在一旁凑趣道，“我伯嚭见过妇人万千，从不曾见过如此娉婷婀娜，美貌绝伦的。可见那越国君臣上下都是好人。若是我，一定把她留在本国自家受用，怎肯将她送与别人!”

“太宰休要取笑。”范蠡乘机进言道，“大王在上，我家寡君自从离吴归越，日夜思念大王恩德，一时一刻不敢忘怀。他自觉无法报得大王深恩，千思万想，方才决定进献佳人聊供大王洒扫。”

“大王在上！”西施不等范蠡话落音便轻启莺唇，款款开口道：“贱妾生于蓬茅，不知礼教，泥途已久，今上云霄，只愁难得侍奉得大王妥帖。”

“好也好也，不必多言。”夫差听得十分受用，由不得眉开眼笑道：“寡人为人性格风骚，洞房之中最怕寂寞。幸有美人到临，伴我欢乐。寡人这半生光阴，从此便交与美人安排了！”

正说得高兴，宫门口忽然传来一阵喧闹。原来是伍子胥出使齐国回来了。夫差本来是不想见他才特意遣他前往齐国下战书的。见他不迟不早偏在这个热闹时刻回来，心中先有几分不悦。但他远道而回，又不能不见，于是召他进来，随口应酬道：“老相国回来了！请战之事如何？”

“齐君已经答应深秋交战，老臣特来回复主公。”伍子胥说着，忽然发现站在一旁的范蠡。“哦，这不是范大夫么？来此何干？”

“老相国拜揖！”范蠡不慌不忙施礼回答。“我家主公进此女与大王聊备洒扫，特命下臣护送前来。”

“噢，进送美女，聊备洒扫！”伍子胥虎视眈眈盯住范蠡看了半天，方才不紧不慢追问：“只怕还有别的打算吧？”说着回头对夫差道：“主公千万不可受他！”

“为何？”夫差问，脸色非常不好看。

伍子胥也不管他高兴不高兴，滔滔不绝开口道：“主公难道忘了古人所说‘五音令人耳聋，五色令人目盲’？昔日夏桀以妹喜灭，商纣以妲己亡，周幽王因褒姒死，晋献公因骊姬败。自古至今丧身亡国者，没有不是因为妇人女子作祟的。今越王进献美女，乃是要主公学那几个昏君。主公千万不要上了他当！”

“这是何话！”夫差听得愀然变色道，“老相国！你一向不在家，寡人眼前甚是清静。你一回来便絮絮叨叨多管闲事。说什么妇人作祟祸国误国，寡人我偏不相信！我今便受用了这个美人，于理何亏，于国何害？我堂堂吴国便因此要亡了？鬼才听信！——罢罢罢！你离国远出为时已久，可速回家去与妻儿团聚，不要在此吵吵闹闹。请罢！”

伍子胥遭此奚落，气愤已极，一时竟不知作何回答。他怔怔地站了半天，方才长叹一声，摇头离去。

夫差盯着他的背影发狠道：“可恶！可恶！这老儿不识时务，尽想方设法与寡人作对。寡人恨不能杀了他！”

“言之有理！”伯嚭在一旁火上加油，“范大夫有所不知，他当年还力劝我家主公杀了你们越国君臣呢！”

“亏得寡人没有听信他的谗言！”夫差证实此事道，“当年若寡人听了他的，你家主公与你岂不是没有命了？回去告诉你家主公，你国中若有这样的人，万万不可用他！”

“是，是。”范蠡连连施礼回答，“我家主公绝不会用这样的人！”

夫差此时又转怒为喜，一面吩咐为范蠡备酒接风，一面命内官速备花烛，将西施美人引进洞房中去，好与他同饮合卺之酒。

不久，越王勾践又差大夫泄庸通过伯嚭献给夫差文笥一百枚，狐皮五十双，葛布十万匹，以为宫中之用。夫差更是欢喜不迭，当下便命伯嚭修书一封，赠他封地。于是东至勾甬，西至槜李，南至姑末，北至平原的大片国土，从此尽为越国所有。

夫差自觉勾践对自己无限忠诚，因而每日沉湎于酒色之中，将军国大事尽置脑后。

再说王孙骆奉命来到阳山，找到公孙圣隐居之处，请他下山替夫差圆梦。公孙圣伏地布了一卦，立时大放悲声道：“我的天哪！想不到果然会有此事！”

王孙骆惊问：“何事?”

公孙圣仰天长叹道：“大王有难，迫在眉睫。命属上天，无可奈何!”

其妻与王孙骆也甚为稔熟，忍不住在一旁插嘴道：“老儿！你从来无缘见那君王之面，如今君王遣大夫来召，富贵将临，为何反而大放悲声?”

“咳！是你有所不知。”公孙圣对妻子解释。“我今年流年不利，正应今日，命属上天，躲避不过，哪里还说得上什么富贵？若得全尸而死，也便不易了!”

王孙骆听他说得凶狠，以为他借故推托不想下山，便有意激了他几句道：“哥哥想来才德过人，志气高远，上可谏主，下可保身，如今还有什么可忧烦的？既知大王将有大难，理应当即出马力挽狂澜才是!”

“贤弟错会愚兄之意了。”公孙圣推心置腹告诉王孙骆，“愚兄避祸离乱隐居此处，原是为了安宁度日益寿延年，不料躲来躲去仍躲不过今日。事已至此，逃也无用。贤弟可先动身回朝，待愚兄与嫂嫂安排好一应事务，随后就到。”

“也好!”王孙点头。“小弟便在村口等哥哥同行，哥哥动作须要快些!”

王孙骆走后，公孙圣妻子问公孙圣："君王召见，也许有什么好处，你怎的不看一看便难过如此？莫非料到有什么不好？"

公孙圣流泪回答："是料到不好哇，妈妈！那吴王昏晦暴虐，祸在眉睫而不自知。我区区一命也只在旬日之间。"

妻子大惑不解道："既如此，你为何还要应召而去？莫非你深山隐居多年，便是要今日前去送死么？"

"天意如此，无可奈何。"公孙圣叹气伤心回答，"大丈夫以天下社稷为己任，国势如此，我身何惜！我死之后，你与儿女们自去过活，再也不要思念我了。"

"还有——"他郑重叮咛，"我的尸身不必埋葬，日后精灵会对吴王发生影响，教他追念忠臣，懊悔痛心。记住，我这样穷骸，千万不可装入棺材，千万千万！"

说罢也不管妻子流泪恸哭，竟自收拾行装出门而去。

到得吴宫，夫差开口便要他占卜圆梦。公孙圣伏地叩首道："臣不敢言。"

夫差奇怪问："有何不敢言处？不就是一个梦么？但说无妨。"

公孙圣先说了一句"臣该万死"，接着道："大王之梦，应在伐齐。”

“是呀，寡人是要伐齐。”夫差惊异道，“先生怎的知得此事？不知此梦何解?”

“伐齐之事，臣早卜知。”公孙圣回答。“只是大王之梦有些不好。”

夫差问：“如何不好?”

公孙圣答：“臣闻‘章’者‘张’也，战而不胜张皇败走也。‘明’者‘冥’也，离开昭昭去幽冥也。两口饭锅煮而不熟，是说大王败走吃不上熟饭。两只黑犬吠南吠北，是说大王要败走北方。两锹插入宫墙，意指外兵入侵，掘我社稷。殿堂流水汤汤，意谓波涛漂没，宫室一空。后宫中声如锻铁，乃宫女叹息，大哭号啕。殿前梧桐横生，桐可作俑，连殉葬之物都已备妥。“大王，此梦大不吉利也!”

“你这老儿，是替寡人圆梦，还是诅咒寡人?”夫差不等公孙圣说完便气得满面发黑，切齿怒吼，“谁说你博学多识，占卜灵验，寡人看你纯属一派胡言！气死我也！气死我也！王孙骆！你怎的寻这样妖道前来恼我?”

“大王莫怒，小人尚未讲完呢!”不等王孙骆开口，公孙圣又接着说下去道，“以小人之见，大王如今万万不可兴兵伐齐，快快派王孙骆到越国负荆请罪，拜谢越王勾践是正经。那样，或许还可暂保家国及大王身家性命……”

“好个老奴，无礼至极！”夫差咬牙切齿大声吼道，“寡人看你是活得不耐烦了，今日是睁眼自来送死啊！”

“大王！”伯嚭在一旁插了一句，“听说此人是伍子胥的结拜兄弟，莫非他说的，乃是伍子胥要说的话？”

“寡人早知他们是一丘之貉！”夫差气狠狠冷笑道，“大力石番！快与我将这妖道扯出宫去，用铁锤击杀！”

他原想如此一叫，公孙圣会跪地求饶，胆怯改口。不料那公孙圣面无惧色，从容起身，仰天高呼：“皇天，皇天，你知我冤。我公孙圣忠而获罪，身死无辜，只愿死后不要埋我，日后也可报效大王！”

“好，好，寡人便不埋你！”夫差气恨恨咬牙大骂，“我只教力士将你尸身扔在阳山，令豺狼食你肉，野火烧你骨，风沙播扬，不留痕迹。看你还怎的与我兴妖作怪！——大力石番，快快与我牵他出去！”

这边刚拖出公孙圣，那边又进来太子友。夫差见他鞋袜俱湿，衣冠不整，满面不悦问：“你从何而来？怎的弄到如此狼狈？”

“回父王，”太子友回答，“孩儿在后花园闻秋蝉趁风长鸣，自以为乐，却未发现一只螳螂在后，欲捕食之。那螳螂一心只对秋蝉，却不知一只黄雀潜身叶中，欲食自身。那黄雀一心只对螳螂，却不知孩儿在后挟弓持弹，正要打它。孩儿一心只对黄雀，却未发现旁有空坎，一脚踏空，坠入枯井之中。故而衣衫鞋袜通被弄湿，不得不以此狼狈模样来见父王……”

“哈哈哈哈，原来如此！”夫差听得忍不住开怀大笑。“孩儿！只贪前利，不顾后患，天下之愚，莫过于此！”

“多谢父王教诲！”太子友乘机借题发挥，“只是孩儿想父王恐怕有所不知，天下还有比孩儿所为更愚不可及的事情呢！”

“是么？”夫差饶有兴趣开口问，“还有什么比此事更愚不可及？”

“父王请听！”太子友不慌不忙回答，“鲁国从周公之后有圣人孔子，不犯邻国，而齐国无故举兵伐之。齐国自以为收伏鲁国在望，却不知父王要兴起全国兵马，不惜暴尸千里前去攻他。父王自以为打败齐国唾手可得，却不知越王要乘机出三江之口，入五湖之中，屠我国都，灭我宗社。敢问父王：天下之愚，还有甚于此事的么？”

“咄，一派胡言！”夫差听得变了脸色道，“你从何处学得这般花言巧语愚弄为父？可恶！可恶！”

“父王容孩儿将话说完！”太子友依旧滔滔不绝，“我吴国天下眼见得就要沦亡，你我父子也即将生离死别，难道父王竟看它不出？父王！您自从灭越之后便迷恋花酒，全然不想那越王勾践积怨甚深，报仇心切，他日夜招兵买马，积草囤粮，时刻谋划杀奔前来，要以吴国做他家园。

“父王！大祸临门您不自知，还要杀了好人起兵伐齐，真是不知利害也！孩儿知道父王得胜，要称霸诸侯，会盟北地。倘若那越兵乘虚而入陷我国土，父王岂不要进退无门？那时后悔，也来不及了！”

“住口！”夫差气得满身哆嗦，厉声吼道，“我知你平日与伍子胥那老儿常相往来，今日又变着方儿替那老贼说话。气煞我也！”

“父王差矣！”太子友大声抗辩。“那伍老相国乃前朝老臣，德高望重，忠心耿耿，父王怎的骂他老贼？难道不怕满朝臣僚伤心？”

“主公骂得不差。”伯嚭在一旁煽风点火，“那伍子胥乘使齐之机将其子寄放齐国，已经有人报回消息。如此居心叵测，忠心何从谈起？”

“是啊！”夫差提及此事便气不打一处来，“他既是忠心耿耿，却将儿子寄放齐国，齐国正要与我开战，他如此做为，究是何意？”

“这正是伍老相国聪明忠贞过人之处。”太子友极力为伍子胥辩护，“他是怕日后国破家亡，才将儿子寄放他国，他好一心一意为国尽忠。父王！倘若我吴国被越所灭，您便是要将孩儿寄放他国，只怕已经来不及了！父王！为家国计，您一定要三思而后行，万万不可听信奸人妄语啊！”说到此处，他已经泪下如雨，泣不成声。

“孩儿放心！”夫差本来疼爱太子，见他说得如此痛切，由不得放缓口气安慰道，“为父麾下兵多将广，谅他越王不敢轻举妄动。再说，那越王君臣多番谢为父不杀之恩，一再向为父表示臣服，数年以来，贡献不断。退一万步说，为防备他，为父留下一万人马，教大将王孙弥庸助你把守三江之口，也便是了。”

“越国兵马岂止一万！”太子友几乎是气急败坏地流泪反驳，“一万人马把守三江之口，恰如以卵筑城，不堪一击。孩儿也只有舍身报国，命赴黄泉的份儿了！”

“一派胡言，一派胡言，纯属一派胡言！”夫差气得浑身打抖，咬牙切齿道，“凭你说上天去，我只是不听。哼哼！好笑你乳臭未干，父言不听，倒听别人！这都是伍子胥那老贼教唆的，寡人迟早非杀了那老贼不可！”

太子友见夫差听不进半句谏言，十分伤心，含泪锁眉退下朝来，找伍子胥商讨对策。伍子胥听他讲了向夫差进谏的经过，情知大势已去，无可挽回，不禁长叹一声，对太子友道：“小殿下！你是大王最亲近的人，说话他都一句不听，别人再劝，也无济于事了。咳！可怜我伍子胥离楚来吴，原以为会投得明主，落得善终。不料今日却陷入天罗地网，眼见得便要死于非命。小殿下！从此你干你的事，我干我的事，你我就此永别了！”说罢老泪纵横，掩面而走。

太子友哭着在他身后连声叫：“老相国，老相国！您前面走，我后面也跟着您来了！苍天，苍天！你为何不教那祸国殃民的奸贼早死，却偏和老相国这样的好人过不去？苍天，苍天，你睁开眼啊！”

这时候，越国君臣正在商讨伐吴之策。

勾践觉得自己受怨劳心，日夜焦苦，如今兵甲精良，粮草丰足，伐吴时机已经成熟。范蠡、文种则以为天时未到，人谋未善，越国人口虽然众多但尚未遍受越王恩惠，吴王虽说骄奢淫逸却还没有到天怒人怨时节。况且吴王身边还有伍子胥那样的忠臣辅佐，急切难得将吴国征服。

勾践听得心中焦躁，厉声喝问：“依二位大夫所言，寡人到底该忍到什么时候才是尽头？寡人已经忍气吞声这么多年，难道还要继续忍下去么?”

“主公休得烦躁，且听为臣细细道来。”文种不慌不忙回答。“要灭吴国，须用九术……”

勾践问：“何为九术?”

文种答：“一为尊天神以求庇佑，二为进贡财货宝物以消磨吴王志气，三为进献美女迷惑吴王心术，四为送他良材教他大兴土木耗尽国家积蓄，五为高价买谷让他国内空虚民心不安，六为金钱贿赂投他朝中奸臣所好，七为施用反间计教他除掉朝中忠臣，八为利我甲兵随时准备乘虚而入，九为等待天时在适当时机发起进攻。”

“文大夫之计甚善。”范蠡接着开口道，“如今主公已经尊过天神，送过财货，进过美女，收买过吴国奸臣，我国国内兵家也已十分坚利。九术之中，已有五术付诸实施，尚有四术没有施行。为今之计，只说我年谷不熟，国中缺粮，用一百万白银去籴他稻谷一百万石，他贪图多银必然见许。明年我们再将谷种全部蒸熟还他，教他颗粒不收，人民饥死。此其一。其二，近来我国发现两根神木，粗二十围，长五十丈。主公可命人将其截好锯好，画上画图，镂上黄金，嵌上珠宝，送与吴王。吴王见此，必然要再起楼台，大兴土木，这样会让他财货耗尽。那时节伍子胥进谏，伯嚭势必乘机攻讦，吴王非将伍子胥杀掉不可。一旦吴王用佞害忠，吴国民穷财尽，灭吴时机也就水到渠成。那时乘其伐齐征北，国内空虚，我们发兵长驱直入，必定势如破竹，所向披靡。请主公定夺!”

“有理，有理!”勾践听得连连点头道，“只是岁月易去，功名未成，眼见得一年一年弹指而过，寡人头发都变白了。怕只怕时日一久，便将志气消磨净尽啊!”

“主公心意，臣等尽悉。”文种安慰勾践道，“那吴王胸无大志，耽于淫乐，天理昭昭，自然不会教他长治久安的。主公且耐心等待时机便是了。”

勾践点头道：“既如此，卿等速将神木送往吴国，再带百万白银前去籴粮。寡人专等卿等回音!”

文种亲自率人将神木送至吴国，夫差果然惊喜不止，当时便要让人建一座长宽各有八十丈，高三百尺，占地二百里的高台，以取代先王阖闾在日命伍子胥设计建造的姑苏台。

“妙！妙!”伯嚭在旁随声附和：“此台建好，主公登上去纵目四望，只怕连灵魂儿都要飞到半天空了!”

“休得取笑!”夫差满面认真与伯嚭商议：“那文种说他越国年谷不熟，要籴我稻谷一百万石。往年我不过三钱一石，如今一石倒多了七钱。这是何等赚钱买卖，那伍子胥却口口声声说做不得。你说做得做不得?”

“怎的做不得?”伯嚭想也没想便开口道，“主公休听他那一派胡言！一百万石稻谷放在仓里，没什么用，换成银子便是死宝变活宝，用处多多了。有一百万两银子，什么事情办不成？除过付老百姓的三钱，主公每石还可得七钱。一百万石便是七十万两。七十万两，数目不小哇！为臣家中尚有历年租债十万来石，主公！您每石多与一钱银子，也与为臣出脱了这些积年烂谷去!”

夫差被伯嚭说得心动，不禁眉开眼笑道：“好好好！既如此，果然便下令全国，粜他稻谷了!”

道犹未了，内官来报伍子胥求见。夫差满面不悦道：“这个时候，他又来何干？好不麻烦!”

他正想让内官回说不见，那伍子胥却早大步噔噔跨上殿来施礼动问：“听说主公打算自率六军远伐齐国，不知是否属实?”

夫差耐着性子回答：“正是。不知相国有何见教?”

“老臣所说，还是那句老话：切勿伐齐。”伍子胥痛陈利害道，“臣闻天之所弃，必先诱以小利，然后降以大灾。以臣之见，齐国于吴，不过是疮疥之疾，纵然侥幸胜它也不过是蝇头小利。而越国实乃吴之心病，一旦发作，必成大灾。主公觉悟，国或可保。若再昏蔽，只恐身亦旋亡……”

“是何言语！”夫差打断伍子胥的话道，“我与齐国尚未交战，你如何便知我要国破身亡？莫非是在咒我不成？伍相国！我因你是前王遗臣，处处忍让，未曾杀你。不想你倒得寸进尺，愈来愈放肆了！我看你还是速速退朝回家，免讨一死。寡人再也不愿见你了！”

“老臣纵死又有何惜！”伍子胥慷慨陈词，“老臣怕的是吴宫将来尽生荆棘，越国人前来掘吴国的祖坟宗庙啊！想当年先王不愿立主公为太子，是老臣以死争来。难道主公还不相信老臣一片忠诚？”

“哈哈！再莫提你一片忠诚了！”伯嚭在一片阴阳怪气道，“未曾交战，你先将儿子寄放到了齐国，这难道也是一片忠诚？”

“太宰休要以己之心度人之腹！”伍子胥针锋相对回敬道，“伍某忠与不忠，阖朝上下自有公论，不是我自己说了算的。我若不忠，前王早已将我斥退了，如何还能成前王遗臣？”

“无论如何，寄子于齐，便是怀有外我之心。”夫差不由分说宣判，“两国将战，通敌者斩。君宜自裁，不得有误！”随即吩咐力士石番，“取寡人属镂宝剑赐与老贼，教他速速自裁，回来报寡人！”

那伍子胥接过宝剑，并不为所动，只是凄然一笑，对夫差道：“主公！臣今能与关龙逢和王子比干一类忠臣同游于地下，心志足矣！臣死之后，愿主公将臣之首级悬于京西城门之上，臣要看那勾践率兵入吴……”

“老贼，你太放肆了！”夫差怒声大吼道，“寡人定要将你的尸身裹上驴皮投入江中，教鱼鳖吃你肉，波涛漂你骸，看你还能有何知，能有何见！去死吧！寡人一眼都不想再见你了！”伍子胥也不多话，只捧着宝剑扫了夫差一眼，便头也不回地直朝殿下走去。

此情此景，文种在一旁看得清清楚楚。见伍子胥那一副雄赳赳的英雄气概，想到他当年忠心耿耿为阖闾出力，南征北战，屡建奇功，连堂堂越国都不得不在他面前俯首臣服，心中不免万分惋惜。他暗暗道：“夫差，夫差！你国破家亡的日子不远了。如今便有三华瑞露，九转灵丹，卢医妙手，扁鹊神针，也救不了你吴邦子孙的命了！”

他决计回到越国便禀报勾践，一旦吴国出兵伐齐，便不失时机地调兵遣将，对吴国发起猛攻！

此后不久，吴王夫差出兵伐齐。一路之上，势如破竹，不消旬月便大败齐国。接着又挥师渡过黄河，准备与晋鲁两国在黄池会盟。夫差一心想成为盟主，以便日后称霸诸侯。

就在这时，越王勾践乘吴国国内空虚，突然率领精兵十万，君子六千，渡过太湖向吴国大举进攻。

太子友与王孙弥庸领兵把守三江之口。他所率万人差不多都是老弱残兵，如何是十万精锐越兵的对手？未打几仗，便鼓衰力竭，箭尽弓绝。王孙弥庸阵前战死，太子友与其帐下所余三四百人被越兵铁桶也似团团围定。

那围吴越兵一忽儿高叫：“奉文元帅令：前军仔细把守东南西南两路，放走吴太子者，无论正将裨将尽行斩处！”一忽儿高叫：“奉范元帅令：后军仔细把守东北西北两路，放走吴太子者，无论正将裨将尽行处斩！”

太子友听在耳中，真是痛悔交加，心如刀绞。他既恨父王昏晦无能，贤愚不辨，重用奸佞，诛杀忠臣，全然不为江山社稷着想，又恨他轻率起兵，远征他国，置强敌越国于不顾，弄得满目山河千滴泪，百世洪基一旦抛，更恨奸贼伯嚭嫉贤妒能，陷害忠良，将偌大吴国糟践得千疮百孔，不可收拾，在越国凌厉攻势下无力抵抗，只有节节败退的份儿。此时伯嚭若在眼前，他非将那衣冠禽兽碎尸万段不可！

入夜时分，太子友命身边军校听听时交鼓。军校回答：“四下里鼓角乱鸣，不知几更。”

太子友正待出帐巡视军情，忽觉一阵怪风扑面而来，不禁大惊道："不好！莫非越兵劫营来了？"

话未落音，早见一众越兵蜂拥而入。为首的一名小校径直走到太子友面前道："小殿下！大势已去，此时不降，更待何时？"

"呔，贼寇！"太子友仗剑而起，破口大骂："你家勾践受我父王不杀之恩，今日背叛，天理难容，我如何降你！"

但还不等交手，已被数十名越兵一哄而上，夺去宝剑，七手八脚掀翻在地，将手脚捆得牢牢实实。那越兵小校神气活现道："小殿下！该降了吧？嘿嘿！我家大王也为你备得石屋一间，瘦马几匹，正等殿下屈尊枉顾呢！"

太子友自知必死无疑，乃仰天长叹，流泪不止道："父王，母后，孩儿此生此世难报你们的养育之恩了！可怜我吴国百代业绩，从太伯传至今日，一旦丧于奸贼之手！伯嚭，伯嚭，你这老贼！我身虽死，到黄泉之下也不饶你！"

众越兵擒得太子友，便想乘胜前去将那姑苏台一把火烧个干净。

不料到得台前，却见西施盛装在台，厉声高喝："越国众兵听着：我乃越女西施，今作吴国夫人。你众人速速传示范文二大夫，就说吴国大王率兵出征，并不在此。你们不得惊吓于我！"

"原来是西施娘娘！"那些越兵听了，立刻跪在地上齐声回答："娘娘放心，我等即刻回复范文二将军，请娘娘多加保重！"

消息传到夫差耳中，夫差惊得目瞪口呆。半晌，方才如梦初醒道："有这等事！我吴国山河环拱，威震江东，他越国勾践常称臣服，如何敢于擅动兵戈？不要命了？况且我已命太子与王孙弥庸统领兵马把守三江之口，如何便让越兵攻将进来？难道他们竟如此无用？"

他问西施娘娘安危如何，探子回答："亏得娘娘冒险登城，喝令越兵不得搅扰，越兵才悄然离去，只将姑苏台烧成一片灰烬……"

夫差听得心乱如麻，不由得仰天长叹道："越军入侵，便绝了寡人归路，置我数万吴军于死地。这该如何是好？如何是好哇？"

他向紧跟在身后的伯嚭讨主意，伯嚭战战兢兢缩首回答："小臣眼下亦拿不出好主意，只有唯主公之命是从。"

"什么，你拿不出好主意？"夫差暴跳如雷，厉声大吼："当日哄寡人放走勾践的是你，劝寡人兴兵伐齐的是你，挑唆寡人杀了伍子胥公孙圣的也是你。你那时何等神气活现，如今居然没了主意！你说，这是何故？"

"主公差矣，小臣冤枉！"伯嚭一迭连声叫屈，"这些其实都是主公主意，小臣不过略略撺掇得一撺掇罢了。要紧处还是主公决断。

若主公那时不听小臣言语，不也就没有今日之事了?”

“你，你，你还狡辩!”夫差见他撇清得比自己还干净，气得几乎说不出话来。但眼下身边可议事者只有伯嚭一人，诸多大事还须同他商讨，无奈，只好忍气吞声道：“罢罢罢，不说此事了。却才帐下有七八个军校听得探子说话，必然走漏消息，你速速与我着人都拿去杀了!”

“这却好办!”伯嚭答应着，便想乘机离开夫差而去。

不料晋国大夫董褐忽在帐外求见。夫差命他进来，问他何干。董褐回答：“小臣奉我家主公之命，前来向大王动问会盟之期，兼议何国该当盟主。”

夫差尚未答话，那伯嚭却直起脖子大声吼道，“我吴国乃太伯之后，晋国乃唐叔之后，同为姬姓，吴国为尊。这盟主却该是我家的，谁能夺得?”

“着，着!”夫差连连点头，接着道，“吴晋虽同为姬姓之国，我吴国实有兄长之尊。若欲歃盟，自然先吴后晋，鲁又次之。”

“谨遵台命!”董褐低头施礼道，“不知盟期定于何时?”

“这个——”夫差略一迟疑，见伯嚭没有开口，只好回答：“便定于明日午时。如何?”

“妙!妙!”伯嚭在一旁拊掌叫好，“会盟宜早不宜迟，请董大夫传语晋侯不得延误!”

董褐走后，夫差推说身体困倦，支走伯嚭，将王孙骆唤进帐来道：“大夫！寡人当初不听公孙圣和伍相国所言，今日果然勾践入吴，掳了太子，烧了姑苏台，西施美人也不知下落。我今拥兵晋郊，归路辽远，当此之时，是该不会盟而速归，还是先会盟而入晋?”

王孙骆回答：“事至如今，若不会盟而归，越人愈以为我胆小心虚，一定竭尽全力断我归路。齐宋两国亦会以为我已大败，合力形成夹击之势对我反扑。可是如果先到晋国去会盟，则晋国执着诸侯之柄，必定领我去见周王，则我归吴之期更要迟延。”

“不错，不错，大势如此。”夫差听得连连点头。“不知大夫有何妙计可供于寡人?”

王孙骆思忖着道：“当此之时，不如连夜厉兵秣马，暗行而前，直达晋都以决胜负。如此则我可先执诸侯之柄，反败为胜，或进或退，绰绰有余。”

“大夫之谋甚善。”夫差当机立断：“速传各营将士：二更做饭，三更结束，人要衔枚，马要摘铃，弓上弦，箭出鞘，杀奔晋都，不许迟误。违令者斩!”

当夜发兵到晋都之下，将一座城池围得水泄不通，口口声声只要厮杀。晋君使董褐登城询问："不是已经约好日中会盟了么？如今兵临城下，只要厮杀，是何缘故？"

夫差回答："天子有命：周室衰弱，诸侯贡献不入王府，只缘无有姬姓之助。晚来连遣数使，命寡人亲征那一两个不供王事之国。寡人已与晋鲁两国约定会盟，恐言而无信，为诸侯所笑，故兴兵而来欲决一战。胜则我为盟主，君来事我。败则君为盟主，我来事君。恐使者往来延误时日，故亲自率兵而来，听命于藩篱之外。"

"多谢大王坦诚相告。"董褐朝夫差拱手施礼，回头对晋君道："臣看吴王口中虽言决战，而其颜色似有大忧。小则爱妾嫡子死，大则越兵必入吴。其势甚毒，不可与争。不如先许其盟，以观其变。"

晋君道："好！就请大夫如此回报，并越吴鲁二君同赴黄池之会。"

董褐遵命，将晋君之意转告夫差。夫差当即同意撤兵，即赴黄池，与晋鲁二君歃血为盟，宣誓忠于周室，和睦邻国。

盟毕，夫差命王孙骆代自己前往周室告劳，兼领一军断后，防止齐宋追击。接着与伯嚭拔营起兵，匆匆赶回吴国救急。

王孙骆看他那气急败坏失魂落魄的狼狈模样，不禁从心底发出一声长叹："主公，主公！你听信谗言，诛杀忠良，以致变生邻邦，兵留他境。只恐到得家时，也是迟了!”

听说夫差率兵返回，勾践召集群臣商讨对策。文种开口道：“从前吴国之所以未亡，是因为内有太子友之贤，外有伍子胥之勇。今太子友被掳，伍子胥受诛，使吴国失去两大栋梁。而我越国经过十年生聚十年教训，已经兵精粮足，弓强马壮。况且眼下吴军千里驰驱，疲于奔命，后面还有齐宋两国紧紧追赶。倘若我挥师直冲其前，定会与齐宋形成夹击之势。兵贵神速，良机勿失!”

“多承教训!”勾践道，“只是我兵一出，国内空虚，倘有他变，如何是好?”

“主公放心!”范蠡接过话道，“夫人一向性情威严，患难相保，宫中之事尽交与她，必能内政肃清，宫阙整饬。大夫计倪泄庸素有才德，忠正勤勉，国中之事悉以委之，必能法纪严明，朝野安定。主公虽离国远征，毫无后顾之忧。”

“有理！有理!”勾践边听边点头道，“传我之命：自今而后，军中有事，罪在寡人；宫中有事，罪在夫人；国中有事，罪在计谢二位大夫。军士不练，临阵不战，唯寡人是问；土地不修，粮草不齐，二位大夫受惩!”接着又登坛发号施令：“今日誓师，可斩死囚三人示众。日后有与敌财货相通者，以此为鉴！明日至郊外，再斩死囚三人示众。日后军中有队伍不整，违法乱纪者，以此为鉴！后日至吴腹地，又斩死囚三人。日后军中有淫逸劫掠，不服管教者，以此为鉴！此外，士卒中有双亲年迈无人奉养者，兄弟四五人同在军中，以及眼瞎身残行为不便者，皆可言明。双亲年迈无人奉养者可回家奉养，兄弟四五人同在军中者可回一人继承宗祠，眼瞎身残行为不便者可回家修养！”

号令一下，军中登时欢呼雀跃，感恩之声不绝于耳。看见全军士气已被鼓起，文种、范蠡乘机献计：待天黑之后，两人分别率领左右两军在江上江下分别埋伏，只等吴军一到，便击鼓鸣锣，齐声呐喊。吴王不知我之虚实，必定兵分两路前来迎战。届时勾践亲率精兵六千直捣吴营，使其三面受敌，应接不暇，不愁他吴王夫差不束手就擒！勾践称善，立刻下令各军依计行事。

夫差果然中计，被越军杀得片甲不存。最后只收拾一些残兵败卒，狼狈逃到姑苏台上。眼见得越军如潮水般将姑苏台围得严严实实，夫差走投无路，不得不向西施求告：“烦美人传示你家勾践侄儿，看你做姑姑的面子饶了我这老头儿吧！”

“大王放心，妾自有道理。”西施微笑着回答，“我那勾践侄儿最听奴家的话，到时候只要奴家出面，还愁他不退兵？大王只管饮酒作乐便是。”

但夫差如何放心得下？思虑片刻，他又忧心忡忡开口道：“话虽如此，还是有一个人前去说说为好。否则他率兵打将过来，只怕再说也迟了！”

“倒也是。”西施故作沉吟状道，“眼下之事，都是太宰一手弄出来的。俗话说解铃还须系铃人，何不差他前去传话呢？”

“没错，果然便让他去！”夫差说罢，立刻令人将伯嚭唤来。他一见伯嚭便破口大骂：“你这该杀千刀的花脸小人，油嘴老贼！如今弄得我好好一个国家七零八落，如何是好？”

伯嚭一怔，连忙赔着笑脸嘻嘻笑道：“主公怎的便如此破口？常言道君臣鱼水，甘苦与共。当初太平时节，主公欢喜，伯嚭也欢喜。如今国难当头，主公烦恼，伯嚭也烦恼。难道主公受苦，伯嚭倒快活不成？主公有话但说无妨，伯嚭这厢洗耳恭听！”

“你休得再在寡人面前油嘴滑舌，花言巧语！”夫差依旧沉着脸道。“当初越国战败，文种请降，我甚不肯，都是你竭力撺掇得我应承了他。今日该到咱们请降了，你须替我去走一遭！”

“主公既有此令，为臣焉敢推托！”伯嚭二话没说，立刻答应，

“只是范蠡那厮是个奸险小人，文种又是个古怪汉子，纵然越王许我投降，他二人不愿爽快答应，如何是好？”

夫差问他该如何办，伯嚭支吾许久，方才吞吞吐吐告诉夫差，当初文种前来请降时，曾送他黄金五千两，彩缎五千匹，美女一对，白璧十双，又道：“俗话说得好：礼尚往来。如今为臣两手空空，该如何去向他们说话？”

“好哇！怪不得你当初力主纳降，原来你暗里受他越国许多东西！”夫差听了，气得浑身打抖道，“我如今也拿不出这许多东西，你且赔出来前去请降！”

话虽如此说，他也知道伯嚭平素生活奢侈，一应宝物想必已经挥霍干净，两个妇人不消说早已弄成残枝败叶，不得已，还须替他收拾礼物带去请降。

“还有一说。”那伯嚭也知他是说气话，亦不起急，照旧依着自家所想，慢条斯理接着道，“为臣去时，他若不答应投降便罢，若答应了，又该如何办理？”

“甚的如何办理？”夫差倒被他问得糊涂起来，“答应投降便是了，怎的还要问如何办理？”

“是须问清楚该如何办理才对呀！”伯嚭振振有词回答，“他越国当初有好人文种治国，忠臣范蠡从君，才做出许多事业。如今大王只剩得老臣区区一人，顾此失彼，穷于应付。终不然要将为臣撕为两半不成?”

“老贼，你还有说的!”夫差咬牙切齿破口大骂，“你哄我杀了忠臣，害了太子，以致今日家国无人，却还有脸再胡言乱言！你只说是去还是不去？不去，有伍子胥赐死的属镂宝剑在此!”

“去去去，去去去，主公休恼，为臣便去!”伯嚭见夫差变了脸色，吓得连忙改口道，“为臣不过和主公说说笑话，不想主公便发起恼来。为臣即刻前去向越王请降便是！只要能说得越王答应，为臣纵然也尝尝他的臭粪，也在所不计。”

“难为你了。”夫差见他答应，方才忍气叮咛，“你到越营，说话办事须十分审慎。一定告诉越王，我今战败，君请为越王之臣，妻请为越王之妾。寡人愿与他当年在吴国一样，住进石室，喂马三年!”

伯嚭带着礼物来到越营，打听得范蠡、文种都在越王帐内议事，不敢擅入，遂俯伏在辕门外小心守候。

不一刻，范蠡出帐，离老远便大声喝问：“兀那辕门下俯伏者何人?”

伯嚭见问，连忙抬头回答：“小臣乃吴国太宰伯嚭……”

“哦，原来是老太宰！”范蠡故作吃惊，赶上前去将伯嚭扶起问：“不知老太宰大驾光临，有何见教？”

“咳！一言难尽，一言难尽！”伯嚭满面羞惭开口道，“我家主公夫差敢布腹心：昔日得罪越王于会稽，我家主公不敢逆大王之命，特许大王投降。今大王举兵诛我下国，下国不敢不唯命是从。还望大王以今日之姑苏作昔日之会稽，伏乞大王可怜，许我降伏。我家主公夫差愿做大王之编民，妻妾愿为大王之奴婢。礼物贡献不敢违误，并将大王恩德牢记在心。”

“噢，原来如此！”范蠡恍然大悟道，“此乃大事，我当进去启奏主公。若有文表，即当奉告。”说罢转身返回帐中。

须臾，范蠡走出对伯嚭道：“太宰！我家主公有命，言说昔日会稽之事，乃天以越赐吴，而吴不肯受。今天又以吴赐越，越国岂可逆天命行事？实难从命。”

“越王不肯受降？”伯嚭大失所望，急得叫，“当初我家主公只凭伯嚭做主，便许越国投降了。难道今日范大夫不能为吴国做主？”

“太宰此言差矣！”范蠡听得好笑道，“当初就因为吴王凭太宰做主，才有今日之败。难道太宰巴望我家主公旧戏重演？他是断不会凭我做主的。”

"咳！看来范大夫是有意推诿了。"伯嚭唉声叹气道，"不知文大夫在何处？敢求一见。"范蠡回答："太宰少等，待我进去请他出来。"

为时不久，文种全身披挂走出军帐。伯嚭连忙迎上前去伏地叩首。文种扶起他来道："老太宰免礼！不知唤文种出来，有何吩咐？"

"下官不敢起来！"伯嚭仍旧跪下去道，"下官代我家主公多多拜上文老大夫……老大夫！当年请降，我家主公只凭老夫一言便答应了。今日我家主公仍想再依当年会稽故事办理，君请为臣，妻请为妾，伏乞越王怜而赦之！请大夫在越王面前多多美言，多多美言！"

"好好好，请老太宰稍候。"文种满口答应道。"待下官与你启奏我家主公，若有文表，即当披宣。"说罢转身返回帐去。

不一刻，他又走出帐来，对伯嚭道："老太宰！我家主公有命，言说他起早贪黑，辛苦十年，为的便是谋你夫差，岂肯一旦弃之！他还说天与不取，反受其咎。请老太宰原宥，我家主公实难从命。"

"文大夫！"伯嚭心有不甘道，"当年承蒙厚爱，赠我许多礼物。今日奉上，比那时还要增多一倍，计有黄金万两，锦缎万匹，白璧二十双，美人四个。一份送与文大夫，一份送与范大夫。因二位大夫不在营中，不敢擅送。莫奈何，还望大夫到越王面前撺掇撺掇，多少给伯嚭一个下台之阶也好！"说罢伏在地上只是叩头。

“老太宰请起！老太宰请起！”文种将他着力扶起道，“我悄悄与你说了底话吧！请降之事，断然不成。为今之计，老太宰不如撇了你家主公，回府收拾家私细软，竟奔过钱塘江来投我家主公。我们当年都是受过老太宰恩惠的，难道不与老太宰一个大官做做？”

“噢，是这个！”伯嚭听得笑逐颜开道，“此话大夫何不早讲？既如此，下官就此告辞。多谢大夫指点迷津！”

他离开越营，也不去见夫差，竟自回家去收拾金银细软，领了妻妾前去投靠越国。不料半路里被一群乱兵撞见，二话不说，便将金银财宝抢去分了，伯嚭妻妾也被他们掳去受用。伯嚭自己侥幸逃得一条性命，孤身一人走到江边，前不见村，后不着店，偏偏遇上风雪交加，连冻带饿，竟然跌死在江水之中。

夫差打发走伯嚭，身边唯有王孙骆护驾。他只觉得阴风森森，杀气逼人。不久传来越王勾践攻陷姑苏的消息，他不得不听从西施王孙骆主意，躲上阳山暂避。

一路之上，他不断念叨：“伯嚭这厮，寡人着他去越营请降，怎的此时还不见回报？莫非他投奔越国去了？”

王孙骆提醒他：“主公难道至今还不知那伯嚭是何等样人么？”

夫差问："你说他是何等样人?"

王孙骆回答："此人乃天下第一等奸臣。他至今未归，一定是见越王不肯许降，竟自逃遁，另谋生路去了。主公等他，岂不是白等?"

夫差如梦初醒道："对，对，你说得对。此事他完全做得出来。——大夫既知他如此奸邪，为何平日不见说他一句?"

"为臣敢么?"王孙骆回答，"若平日说他一句奸邪，只怕早就随伍相国一道饮剑而亡了，怎得还能相随主公到今日!"

"咳！如此说来，是寡人不是了。"夫差追悔莫及道，"寡人正是听了他的谗言，才错杀了伍相国和公孙先生，弄得如今败亡至此。糊涂！糊涂！寡人真是糊涂!"

说着说着，他忽然想起一件事："哎！那西施娘娘说她随后也来的，怎么此时还不见她面?"

"主公又差了!"王孙骆道，"那西施本是越国之人，几年来连穿衣吃饭尚不改习性，焉知她不是来吴国施行反间计的?"

"咳！这个大夫就过虑了。"夫差不以为然道，"娘娘与寡人一心一意，几年来从未违忤寡人，言听计从，百般体贴。她如何会施行反间之计?"

说着话，夫差忽觉饥渴难耐，两眼发黑。他抬头四望，渺无人烟，见地上散落着许多收割时掉下的生稻，命身边随从收拾得一些过来，随手抓起一把便放进口中嚼将起来。

嚼过几口，那生稻味儿竟顺着喉咙直往上冲，伸直脖子也咽不下去。他蓦地想起公孙圣所说“张皇败走，吃不上熟饭”的话，不禁仰天长叹道：“公孙先生，当初错杀你了！寡人不辨贤愚，不知善恶，杀了先生，投于此山，不想先生昔日预言一一应验。咳！我好悔也！我好悔也！”

正在此时，只听得左近一声响亮，范蠡、文种率军将他君臣团团围困在山谷之中。那些越兵口口声声只喊：“吴王夫差，死期到了，还不自尽，尚待何时？”

夫差先是一惊，接着打起精神勉强赔笑道：“哈哈！原来是范文二位大夫。久违了！”

“久违了，夫差大王！”范蠡文种一齐在马上拱手施礼道。“我等奉主公之命前来拘提大王，且向大王传上大罪六节，不知大王愿闻与否？”

夫差问：“我有何罪？请试言之。”

“大王听真了！”文种一字一句历数道：“杀伍相国，大罪一也；诛公孙圣，大罪二也；重用伯嚭，大罪三也；北伐齐晋，大罪四也；吴越同音同界，侵而辱之，大罪五也；忘却父仇，纵虎归山，放我家主公回国以遗后患，大罪六也。今上天以吴赐越，越国不敢不受！”

“二位大夫所言极是，寡人知罪。”夫差点头冷笑道，“只不知二位大夫是否听说过‘高鸟尽，良弓藏；狡兔死，走狗烹；敌国破，谋臣亡’这几句话？今吴国已败，寡人将死，勾践面前已无对手，剩下的，便是对付二位功臣了！”

“大王不必多言！”范蠡昂然笑答，“大王将吴国千年业基弄得如此萧条破败，又兼有六大罪在身，还要贪生怕死，苟活于世，岂不折尽天下英雄之志！”

“世间原无万岁之君。”文种在一旁插话，“还请大王速速自裁，莫待我小国之剑加诸颈上！”

“哼哼！我夫差也是一个叱咤风云顶天立地的英雄好汉，岂有贪生怕死之理！”夫差气昂昂回答，“俗语云人年五十不为夭，我今年已经年逾六十，须发皆白，便是死，也够了。——咳！可惜我夫差生既多惭，死有余愧，倘若死而有知，有何面目在黄泉之下面见列祖列宗及伍相国和公孙先生？

“王孙大夫！”他转脸向王孙骆嘱咐，“我若死后，你可将三尺绣罗掩我双目，不可忘了！”

王孙骆含泪回答：“为臣不敢忘！”

“还有——”夫差举起手中的属镂宝剑正欲自裁，忽又想起一件事来，“范文二位大夫！请回去多多拜上你家主公，就说伯嚭这厮是个奸臣，祸国殃民，罪行累累。他若来降，宜速杀之，万万不可留用！”

“请大王放心！”范蠡文种笑着回答，“我家主公对伯嚭此人最清楚不过，自然知道该如何处置他。”

夫差无话，举剑自裁。范蠡、文种见他已死，立即遣人前去禀报越王勾践。勾践下令将夫差以国君之礼葬在阳山之上。

至此，曾经强盛一时的吴国，遂告灭亡。

强敌已灭，大仇已报，勾践君臣班师凯旋。

回到会稽，有人来报，江口发现伯嚭尸体，遍身青紫，手足溃烂。当地人传说他被伍子胥指挥阴兵捉拿入水，挣扎呼号，死于非命。

勾践闻报大惊道：“有这等异事！”他命人在江口立庙，祭奠忠臣伍子胥，并命人将奸臣伯嚭枭首示众。

此时范蠡出班启奏：“臣闻主忧臣劳，君辱臣死。当年主公有会稽之败，石室之耻。臣所以不死，为的是替主公分忧雪耻。如今仗祖宗之神灵，主公之威力，平定天下，大功告成，臣可死之日已经到了。请主公允臣从此告辞！”

“这是何话，范大夫！”勾践听得戚然动容道。“寡人之国乃大夫之国，寡人之民乃大夫之民。今大敌方灭，大仇才报，寡人正欲与大夫分国而治，大夫为何反要撇下寡人而去？莫非皇天有意弃我越国，教我勾践无依无靠么？”说罢忍不住两泪横流。

正说着，有人来报：“西施娘娘到了！”

勾践听说，连忙下旨：“快请娘娘过来，一道相见！”

西施进宫，一见勾践夫妇便伏地叩拜，口称：“给大王娘娘叩头！”

勾践夫妇一齐吩咐：“美人请起！”

西施起身答谢，又向范蠡文种道了万福。接着勾践吩咐率领群臣向西施致礼答谢。礼毕，勾践下旨：“范大夫！昔日感君高义，借我佳人，忍辱负重，复我家国。今日幸得还乡，即请大夫携她归第。”

“谢主公！”范蠡看了西施一眼道，“当年小臣与西施娘娘相识之时，娘娘尚是溪边浣姑，小臣不知进退，与她约为未成之亲眷。

今娘娘已经成为大国夫人，小臣岂敢受领?”

“大夫差矣!”勾践回答：“当年武王伐纣，尚以妲己赐与周公，天下后世，尽所共知。妲己为天子之正妃，周公乃古今之大圣，武王赐之，周公受之。今夫差之恶逾于商纣，大夫之功并于周公，娶一大国夫人，又有何碍？况西施美人与大夫原有婚约，破镜重圆，又有何不可？烦大夫再勿推辞。文大夫！烦你代寡人亲送西施美人回范大夫之府!”

范蠡此时无话可说，又见西施泪眼盈盈望着自己，也便爽然答应，谢恩下朝。出得宫门，文种低声问范蠡：“大夫为何此时请辞?”

范蠡未答，却反问他：“大夫还记得夫差在阳山自裁时所说的话么?”

文种回答：“如何不记得？他言说，高鸟尽，良弓藏；狡兔死，走狗烹；敌国破，谋臣亡……怎么，大夫就为此请辞?”

“正是。”范蠡郑重点头道，“如今正乃你我谋臣当亡之际，我已打算飘然远遁，也愿大夫及早准备远行。”

“此话怎讲?”文种困惑不解道，“主公他……他不至于会如此心狠罢?”

“怎么说呢?”范蠡轻笑道，“你看主公为人长颈鸟喙，鹰视狼步，范蠡多年阅人无数，深知此种人从来只可与共患难不可与同安乐，你我都应当有所警觉。否则，事到临头，悔之无及。”

“不至于吧？”文种依旧怀疑，“你我为他立下如许大功，他如何能够……”

范蠡摇头无语，只拱手与文种作别，也不回府，竟自引西施朝太湖方向而去。

文种回来报与勾践，勾践怔了半天，方才喃喃道：“不想范大夫竟如此去了！寡人受他许多恩惠，如何回报？文大夫！你可聘良工巧匠铸范大夫金像一尊，置我座右，朝夕论政，必咨启之，如同与范大夫对面一般。”

接着吩咐夫人并各位大夫：“今日治定功成，报仇雪耻，可遍拜天地山川，宗庙社稷，少答保佑之恩！”

此时此刻，范蠡正与西施相随，乘扁舟，出五湖，向茫茫天边驶去。

西施想到旧家姊妹，年老父母，暌违多年，难见一面。范蠡要她放心，说自己早已作了安置，西施的父母很快便会乘船与他们在湖上会合，她的旧日姐妹也都一一赠过金帛，并代西施向她们问候。

西施谢过范蠡，感慨道："妾本白屋寒娥，黄茅下妾，原望德配君子，不意苟合吴王。如今韶华已逝，青春不再，委实觉得对不起大夫！"

"娘子怎的如此说话？"范蠡用责备的口气道，"我本楚人，久做越客，没想到在若耶溪边与娘子相遇，更没想到屡经磨难今生今世还能重逢。范蠡本是霄殿金童，娘子乃是天宫玉女，双遭微谴，两谪人间。我为奴石室本是夙缘，你做妾吴宫实由尘劫。你我重续百年已断之契，再结三生未了之缘，实乃得天之助，遂我心愿。范蠡感激还来不及呢，还说什么对得起对不起的话？"

"既蒙恩谊，敢不祗承！"西施含泪对范蠡道，"相公一向无恩不报，有一故人却不见提起，难道你真将他忘了？"

范蠡问："是谁？请讲！"

西施不说话，却从胸前取出一束白纱递到范蠡面前问："你还认识它吗？"

"它是你我冰媒，范蠡如何不认识！"范蠡说着，也从自己胸前衣襟内取出一束白纱道："我的一半也在这里，与娘子的一半正好合而为一！"

此时湖上微风拂煦，碧波万顷。舟人问范蠡："欲驶往何处？"

范蠡答："驶往海上。"

舟人又道：“海上北风往南到南海，南风往北至齐国，今日恰好是南风，不知相公赴南海，还是赴齐国？”

范蠡回答：“就往齐国吧！那里远离吴越，又与诸侯列国邻近，范蠡从此更名为鸱夷子皮，就在那里另创一番事业吧！”

说罢紧拉西施素手，遥望远方引吭高歌：

人生聚散皆如此，莫论兴和废。富贵似浮云，世事如儿戏。唯愿普天下做夫妻都是咱共你！

过了不久，勾践召见文种，历数文种种种功劳，末了问：“大夫当日献我灭吴九术，寡人行其五而吴已灭。不知其余四术尚有何用？”

“哦，这个——”文种颇觉意外，沉思许久，不得不如实回答，“为臣委实不知其用。”

“唔，好!”勾践点头。“既有此术，不知大夫可否为寡人谋吴之前人与地下？”他双目炯炯地盯着文种。

“谋吴之前人于地下……”文种一字一句咀嚼着勾践的话语，忽然大彻大悟道，“为臣明白了!”

他退后数步，长叹一声，拔出宝剑，当勾践之面自刎而死。

附评

悲欢离合社稷情

这是一出别开生面的爱情剧目。它取材于我国春秋时期越王勾践卧薪尝胆的历史故事，却又不受历史事实的限制，以范蠡和西施的爱情纠葛贯穿全剧，让他们的悲欢离合与国家兴亡紧密联系在一起，从而跳脱了才子佳人的俗套。其政治内容远超过儿女私情，故而与一般爱情剧迥然不同。

从剧中故事可以看出，国家兴亡无情地左右着男女主人公的命运。而男女主人公的悲欢离合，也完全与国家的兴亡密不可分。因为，他们自己就是吴越争锋的直接参与者——范蠡是越国决策层的重要成员，西施是身负特殊使命被越国派往吴国的“女谍”。

从这一点意义上讲，这出剧与具有深刻社会历史背景的《长生殿》和《桃花扇》也大不相同。《长生殿》中的杨玉环只是唐明皇宠爱的一个“贵妃”，并没有直接参与政治。《桃花扇》中的侯方域和李香君，也只是当时处于社会下层的知识分子和歌妓。《浣纱记》以喜剧收场，而《长生殿》和《桃花扇》的结局则是悲剧。

但又有一点是相同的，就是本剧作者与《长生殿》和《桃花扇》两剧的作者一样，都是“借离合之情，写兴亡之感”，寄托自己对当时社会黑暗政治的不满和忧国忧民的深切感情，赋予作品强烈的现实意义。

范蠡和西施本是一对感情深挚的亲密恋人，但在吴越争锋的过程中，为了实现复国灭吴的政治目标，范蠡不得不忍痛将西施“献”给吴王夫差，让西施用她女性特有的温柔手段去麻痹夫差的斗志，扰乱夫差的方向，与越国的整个灭吴大计遥相配合。

难得的是剧作者并没有简单化地将西施描绘成一件负有特殊政治使命的政治工具，而把她作为一个有血有肉有感情的普普通通的“人”来写，着意突出了她为国家利益牺牲儿女私情的精神境界。她既是一个为国家复兴做出巨大牺牲的越国人民群众中的一分子，又是一个孤立无援、前途未卜的弱女子。在残酷无情的政治斗争面前，她不过是一名被推过河界的卒子，是名副其实的“政治棋子”。但在吴宫，她并没有安于享乐，也没有处心积虑地去完成什么政治任务，而是以平常心理自自然然地在敌营中生活。尽管她无时无刻不在怀念自己的故国亲人，对范蠡的深切思念也使她“两点春山不断愁”，但她却能够真诚地待人，平淡地生活，从不对所谓身外之物刻意追求。因此，不但受到吴王夫差的宠爱，也得到吴国上下臣民的敬重。吴亡越胜后回到越国，也丝毫不以功臣自居，而心甘情愿地同自己的情人范蠡泛舟五湖，过漂泊自由的生活。在西施的身上，处处闪烁着人性真善美的光辉。剧作者把她的外在美和内里美描写刻画到了极致。这样的西施，才能真正得到观众深切的同情和喜爱。

范蠡也是一个刻画得很成功的人物形象。他高瞻远瞩，足智多谋，顾全大局，对爱情忠贞不渝而又富有牺牲精神，在国家利益和儿女私情发生冲突之际忍痛将自己心爱的情人献出，在复国灭吴的政治目标达到之后又不忘旧诺，抛弃如日中天的政治地位，同西施一道去过平淡的平民生活。在剧作者笔下，他是忠诚、正直和智慧的化身，是剧作者理想的能屈能伸的“大丈夫”。

除范蠡和西施以外，伍子胥、文种及越王勾践夫妇等人物，也刻画得十分成功。西施和勾践夫人第一次被作为有血有肉、有思想有感情的艺术形象搬上舞台，体现了剧作者对女性的高度重视，也表现出剧作者少有的民主倾向。

《浣纱记》是明代著名的三大传奇剧之一（另两出是《琵琶记》和《荆钗记》）。它结构宏伟，情节曲折，人物众多，场面宏大，如同一部丰富多彩的历史画卷。虽然有人批评它失之冗长，构思不够“谨严”（明吕天成《曲品》），但故事情节引人入胜，人物形象鲜明突出，唱词、宾白也十分符合人物性格，全剧将吴越争锋和范蠡、西施的爱情生活两条主线互相交织，最后以国胜家合、功成身退圆满收场，令读者和观众紧缩的心情为之舒展。

略显不足的是剧本把夫差和伯嚭写得简单化、脸谱化、标签化了。这不但模糊了这两个重要剧中人物的形象，而且淡化了当时吴越两国剑拔弩张的激烈争斗。应当说是一道败笔。

周羽不想让郭氏太伤心，勉强收起泪水叮咛：『贤妻，不必再怨天尤人了，还是想尽办法保全咱们的孩儿吧！我走后千斤重担都落在你一个人身上，你孤身一人如何度日，我都顾不上了。贤妻！事到如今，周羽没有别的话说，只谢你这些年来与我同甘共苦，从不怨嫌。倘若日后能教你我孩儿成人，我周羽便是死了，在九泉之下也会含笑瞑目的。贤妻，娘子，就此分别了！』

说罢向郭氏深施一礼，披枷戴锁，随张文走上前往雎州的漫漫长途。

寻亲记

这篇故事是根据明代同名传奇剧改编的。原剧题为《周羽教子寻亲记》，作者姓名不详。从作品内容看，作者应是宋元间人。明代梁辰鱼、范受益、王錂、吴中情奴、沈予一等都有改编本，而以“范受益著、王錂订”的剧本为最佳。

范受益生平事迹不详。王錂字剑池，明代戏剧家，钱塘（今浙江杭州）人。所作传奇有《春芜记》《双缘记》二种。今存《春芜记》。另曾改编南戏《教子寻亲》为《寻亲记》，《破窑记》为《彩楼记》，今皆有存本。

《寻亲记》写秀才周羽因举债逃伕役而遭人陷害，几乎性命不保，在被押送发配往边远的雕州途中被解子私下释放，长期流落在外不敢露面。直到其子周瑞隆成长做官后亲往寻找，方才阖家团圆。反映了在高利贷盘剥之下封建社会下层知识分子的悲惨遭遇。末尾虽有大团圆结局，

但仍消解不去笼罩全剧的悲剧气氛。其中的“茶坊”“饭店”两出，昆剧常有演出，深受广大观众喜爱。

河南封丘书生周羽，字维翰，虽学富五车，满腹经纶，却半生命蹇，一事无成，与妻子郭氏一道相守度日。

这年封丘河堤塌陷，黄河决口，将平地淹成一片汪洋大海。封丘县宰见灾情严重，命保正黄德在全县各地征集伕役，抢险救灾。

黄德遵照县宰之命，将全县人口分为上中下三类。上等户出银两买木石，中等户派人做伕役，下等户缺钱少人，免钱免役。周羽本是一介书生，又家贫如洗，本来应在“双免”之列。但黄德在限定日期内征集不够修堤人数，便带了一位官差来到周羽家中，要周羽即刻前去充当伕役。

周羽惊问：“我本是瘦怯怯一介书生，肩不能扛，手不能提，从来都是免伕免役的，为何今年要我前去？保正大人莫不是弄错了？”

黄德回答：“错不了，怎么会错？这文书是官府下来的，全县人等应该去的，全都要去。若都像你这般该去不去，教我如何向上面交代？你不去，就等着吃官司吧！”

周羽一听说不去服役便要吃官司，急了，流着眼泪苦苦哀求：“保正大人你行行好吧！小人委实是去不了。你知道小人家中只有我和妻子二人，衡门挂席，一贫如洗。妻子恰好又怀有身孕。我若去修堤，她在家中便无人照料。弄不好，会断送两条性命。保正大人，我求你了！”

黄德听他说得可怜，也知道他这样手无缚鸡之力的一个穷书生，硬逼他上堤去也没有用；可是，不去，自己的征集人伕的数目又完不成，到时候说不定会为此丢了差事。于是想了一想，替周羽拿主意道：

“这么罢，周先生！你既然说来说去不愿服役，那就拿出一笔银两来买放，我再找别人替你去。如何？”

“啊呀，保正大人！”周羽连忙应声道，“大人你知道我家一贫如洗，我两口儿忍饥受寒，身无分文，从哪里拿钱去买放？还请大人高抬贵手，给我留下一条生路……”

“没有钱也不打紧。”黄德又道，“你家贤内有什么钗梳首饰之类，拿出来，也可以典当几贯钱用么！”

周羽回答：“要有这些，我两口儿也不会穷得吃了上顿没下顿了。保正大人，你发发善心，可怜可怜我这穷书生吧!”

这时，一直站在一旁睁大两眼听的官差开了口：“老爷!这位秀才说些什么，咱怎的听不明白?”

黄德扫了周羽一眼道：“不就是说他不能出伕，又拿不出钱来买放么!有什么不明白?”

官差道：“这出伕乃是县老爷所定，既不出伕，又不出钱，那就是不把县老爷放在眼里了。县老爷说过，有差不动的，就拿去见他。这位秀才大概是想去见县老爷了。那就让咱拿他去见见县老爷吧！你还和他啰唆些什么?”说着便要动手拿人。

周羽慌了，连忙向黄德求情。黄德假意道：“我也不是非要和你过不去，可你也要知道我这身上官差不由人。这么吧！你既然没钱买放，就设法找个有钱的去借点银子来，我们好帮你找人支差。”接着回头问官差：“你说如何？我看就不必硬拿周先生去见老爷了。反正周先生也不是不明事理的人。”

官差道：“咱不管！要钱他拿不出，拿人你又不许，到时候误了公事，违了期限，咱去受苦，你也少不了要陪着!”

周羽道：“不是小生有钱不愿拿，实在是穷得身无分文，要借，也没有什么门路……”

黄德道："门路，倒是有，只不知你愿不愿去进。"

周羽忙问："什么门路？求大人指点，小生一定依计而行。"

黄德道："前村张敏张员外，乐善好施，广放钱财，你何不向他借一笔钱来？那时我替你上下打点打点，雇一个人代你出伕便了。"

"张敏张员外？"周羽听得皱眉道，"我与他平素并未打任何交道，他怎的肯平白借钱与我？"

黄德道："他只要放债生利，哪管你人生还是人熟！我也只是看你老实，把你当朋友，才不忍看你受这般苦楚。要是别人，我才不管他呢！你若要去还是快去，迟了，只怕借不上了。"

周羽还在犹豫，那官差在一旁催促道："你到底是去呀不去？不去，就先跟咱到县衙门去走一趟。"

周羽无奈，只好答应："好好好！既然如此，便请二位爷在此少等，待小生前去张员外处试问一问。"说罢转身欲走。

"啊哈，你想得倒好！"不想那官差又在身后发出一声怪叫，"咱俩在这里瞪眼干等着，你却拔腿一走了之，到时候到哪里去找你？莫非要咱两个代你去吃官司？"

周羽苦笑道："走得了和尚走不了庙，小生在这条小巷中居住多年，无人不知，无人不晓，又能走到哪里去？要不，二位爷便跟我一道去，如何？”

“跟你一道去？”官差冷冷一笑道，“咱闲得没事了。跟你一道去借钱？”

周羽为难道：“那该如何是好？要借银子，非小生去不可啊！”

黄德道：“我倒有个主意在此——你不去，可以教你家娘子去。”

周羽迟疑道：“她是女流，平日里大门不出，二门不迈，如何会出面去借钱？”

黄德道：“事到如今，你还顾得了这么多？若让我二人跟你一道去，人家见了，还以为你吃了什么官司，谁敢把钱借给你？这年头，女娘们出面，比爷儿们好说话。再说你家娘子又那么标致……”

周羽无法，只好将郭氏唤出，打算自己先写好一张借据，让她带着到张家去借钱。但他刚写了“立借据人周羽，因缺钱使用，情愿到张敏员外处借白银……”几句话，便写不下去了。他问黄德：“那张员外与我素不相识，借不借，借多少，还拿不准，我这借据该如何写？”

黄德道：“你想借多少便写多少，不就便了？反正有息，只要你还他，焉有不借之理？那张员外极好说话，你只管放心去借便是。多借些，借少了不够。”

周羽思忖片刻道："我还是稳便些吧！——娘子，我将这文契空着，你到张员外家借得一锭，便填上一锭。借得两锭，便填上两锭。且不可忘了！"

郭氏从周羽手中接过借据，想不去，可是又见丈夫被两个官差逼得走投无路，犹豫许久，不得不皱眉低头，黯然离去。

此时此刻，周羽做梦也没有想到，妻子借钱，不但没能救得他性命，反为他招来一场杀身之祸。

原来那张敏张员外，乃是远近闻名的封丘一霸。他富甲一方，计谋多端，嗜色如命，不顾廉耻，平日依仗财势为所欲为，在封丘地面上声名狼藉。但有一条老毛病——惧内，因他的妻子老院君娘家财大势粗，老院君为人又谦和贤惠，张敏不敢轻易得罪她。

郭氏听说老院君为人谦和有礼，故来到张府，先说有事要见老院君。家人张千报知老院君说门外有一位年轻女娘求见，老院君立刻吩咐："教她进来。"

听郭氏说她是后街秀才周羽之妻，因丈夫被差官役，缺钱使用，特来府上借两锭生银，老院君不禁沉吟道："我本无钱，如何借你？且容我和我家员外商议商议……"

“商议什么？该借便借。”张敏急得在一旁开口叫。“咱家银库里有的是生银，她要几锭，便拿几锭与她好了。两锭太少，多借几锭也无妨！”

原来他一见郭氏之面，便被郭氏的美貌惊呆了。他没想到世间还有如此标致的女子。

老院君听张敏如此说，白了张敏一眼道：“人家秀才娘子讲了只借两锭，你为何要多与人家？不操好心！”

张敏不尴不尬道：“借钱生息，本多利多么！娘子若不愿多借，便取两锭生银出来与她便了。——张千，还不快去取银子！”

待张千取出两锭银子，他又急忙上前去接过来打算亲手交与郭氏，却被老院君一把从他手中夺过去道：“用不着你这般殷勤！——来，秀才娘子！这是两锭生银，你且收了。”

郭氏接过银子在手，低头向老院君施礼道：“员外院君在上，奴家这里多谢了。承蒙员外院君大恩大德，救我夫妻于水火之中，日后一定要加倍偿还这笔恩债！”

“咳，还什么！”张敏听得骨酥肉麻，又在一旁高声叫嚷，“些许银子，何劳娘子亲自前来。往后再需要钱，不拘多少，娘子只要说一声，在下即刻派人送上门去就是了！”

他还想挽留郭氏在家多坐一会儿，吃过饭再走，被老院君瞪了一眼道："人家丈夫在家等钱解急，哪有心思吃你的饭？教她快快回去是正经！"

郭氏一走，张敏忽然想起一件事道："不好！方才只顾听她说话，却没有看她文契上写了借咱几锭银子……"说着低头看了一看，又直起脖子大笑："哈哈！妙，妙，太妙了！"

老院君被他笑得莫名其妙，问："你笑什么？"

张敏回答："这借据原来是空头的，借了几锭银子未写。"

老院君道："她未写，你替她写上借银两锭不就完了？"

"瞧你说得多么简单！"张敏哈哈大笑着说道，"她既然空着没填，便是教我填。我要填多少便是多少，填几十几百锭也不打紧。到时候他要还不起，哈哈！该怎么办，可就由我了！"

他本来是想说"那标致娘子便归我了"，当老院君面不敢放肆，话到口边又咽了回去。

"呸，不操好心！"老院君啐了张敏一口，骂道："人家周秀才是无法了，才着他娘子前来借两锭生银，你怎的见人家写了空头文契便生出如此邪念来？这种折损阴德的事，万万不可做出来。要不，我和你没完没了！"

张敏自觉失口露了心事，不敢多说，连忙含糊辩解："我不过是说说笑话罢了，夫人千万不可放在心里去。这等伤天害理之事，哪个王八龟孙子才去做它！”

转过脸，张敏又将张千唤到房中暗暗商议。那张千本来是好事之徒，早已将张敏心事看得一清二楚，见张敏动问，立刻随声附和道：“员外主意最对不过。有此良机，不做白不做！就在那空头处填上一个数目便了。反正借据是他周羽写的，他走到天边也赖不掉！”

“没错，没错，便如此办！”张敏兴高采烈道，“你说填多少为妥？一千锭如何？”

张千摇头：“太多太多！若有人问他借一千锭生银做什么用，该如何回答？”

张敏又问：“五百锭如何？”

张千依然摇头：“还多。他穷得连锅都揭不开，一下借五百锭银子，谁敢给？给了又指望他怎么还？”

“是是是，是是是。”张敏听得连连点头。“那你说，该填多少锭为好？”

张千道：“依小的看，填他二十锭也就足了。”

“二十锭太少太少！”张敏不依。“那么标致一个娘子，二十锭哪里买得到？”

“依小人看，一点不少。”张千替张敏算账。“二十锭银子，连本带利转手就是四十锭。四十锭生银，够他周羽周秀才还的了！还不了，那标致娘子还不保定就是员外的了？”

“有理，有理！”张敏听得眉开眼笑道。“好好好，再好不过！你明日便到他家中去讨！”

“啊？”张千听得吓了一跳。“明日便去，岂不太早？不到一月，利息怎么算？”

“不到一月，也可先去催一催么！”张敏胸中自有成竹。“你只说到南庄讨债顺路到他家门首，我家员外问你前日讼事如何？他若说起借钱的事，你便说那笔钱迟早总是要还的，早还一日便可少算一日利钱。还有——”他又向张千面授机宜。“你还可再问他家中可有什么田园房产，金银首饰，就说员外都要，可以抵债。他若两者皆无……”

张千问：“两者皆无怎么办？”

张敏道：“两者皆无，你就不妨踹进门去，对他说，我家员外有的是空房，你两口无妨搬到我家员外家住下，先生与我家员外管管账目，娘子在里面权做奶娘。看他两口儿怎的说！”

周羽将郭氏从张敏处借来的银子交到黄德手中，虽然免受治河使役之苦，黄德一走，他却愁上了：借钱还债，自古皆然。两锭银子加上利息，是一笔不小的数目。自己家徒四壁，两手空空，到时候拿什么去还人家？

郭氏见他愁得那般模样，安慰他："别人家欠了几百锭，也不见得有你这般烦恼。待他来讨债时说几句好话，求他宽限些时日，不就是了？奴家再辛苦做些女红针黹，也可慢慢换钱还他。"

周羽道："娘子，话不是你说得这般容易。你我吃饭穿衣尚且艰难，哪来银子还人？他来讨债，咱总不能赖着不还吧！即如你说可以求人家宽限时日，可晚一日，便要多一日的利钱哪！"

"说到底也不过是两锭银子，好办！"郭氏不大在乎道，"那张员外说了，利钱一分也不要咱们的。两锭银子，咱咬咬牙，多下点力气，再省吃俭用，手头捏紧点，要还，也不难。"

"娘子差矣！"周羽连连摇头道，"自古道喝酒图醉，放债图利，他不要利息，借钱给咱图什么？"

郭氏道："这话可是张员外亲口对奴家说的。他是财主家，总不能说话不算话，用虚言假语骗人吧？"

周羽问："他若说他没说，你又能把他怎的了？到时候吃苦头的还是咱自己！"

郭氏见他如此说，也显出满面无可奈何道："没法子，事到临头，也只有折身下礼求告他了。”

两口儿正说着，忽听得门外有人大声招呼：“周秀才！——周秀才在家么？”

周羽一听便变了脸色道：“不好！说不定又是来招我去修堤的。”

郭氏不信道：“哪能呢？不是刚交了买放钱么？他黄大人收了咱银子，总不能又让咱上堤去吧！”

“不管怎的，先看看再说。”周羽说着，走出门来，只见一位管家模样的汉子站在门首。他迎上前去问道：“君下何来？是有事找小生？”

“是啊！”对方略拱一拱手回答：“在下是张敏张员外家管事张千。”

“哦，是张掌事！”周羽连忙赔笑施礼，“请掌事大哥家中说话！”

那张千也不谦让，径自随周羽走进门来。周羽请他坐了，觑空对郭氏暗道：“如何？你教我不要愁，这不，话未说完这讨债的便打上门来了！”

郭氏道：“莫急。且留他坐下吃茶，慢慢把言语回他。”说完到张千面前道了万福。

周羽在一旁开口道："日前寒荆到府，多蒙员外院君应付款待，又承掌事大哥极力帮扶，感激不尽!"

"好说好说!"张千故作潇洒道，"我家员外和院君还说，大娘子来去仓促，招待不周，甚为过意不去呢!"

周羽又说了不少感谢的话，一边催促郭氏快去烧茶招待张千。

乘郭氏进屋，张千开口对周羽道："周秀才，不瞒你说：在下奉员外之命到南庄讨债，员外吩咐路过贵府问问先生官司打得如何……"

"多蒙员外挂念!"周羽道，"其实没有什么官司，只因前几日黄河涨水，保正要派小生做伕上堤，是小生借了员外两锭银子才算了事。"

"原来如此。"张千微微一笑道，"筑堤之事，其实只消我家员外一个帖儿，或对府里打一声招呼就罢了，何须使钱!"

"是，是。"周羽道，"可惜小生当时并不知道，保正既来，无法可施，只好到员外府上去打搅。这不，小生方才正与寒荆在此说起，掌事大哥就来了。"

"既是先生说起，在下不妨多嘴说一句。"张千乘机接过话头，"员外的银子，能还便请早还，须知早还一日，便省了一日利钱。若到期限，便是四十锭生银。那可不是一个小数。"

“什么，四十锭生银？掌事大哥休得取笑。”周羽听得吃了一惊，“小生只借得两锭银子，本利一共四锭，哪来四十锭？”

“是四十锭，没错。”张千睁大两眼重复，“先生有亲笔文契交付员外，在下看过。千真万确，断然不会错的。”

“若是四十锭，断不是我家！”周羽急得红了脸道，“小生借据上写的就是两锭，掌事大哥一定记错了。”

“没错，没错。我说没错就是没错。”张千一口咬定道，“小生文契，员外已让在下带来了。小生不信，就听在下与你念一念——”说着从身上取出一纸文契，摇头晃脑地念将起来：“立借据人周羽……羽毛的羽……唔，因缺钱使用，情愿借到张员外生银二十锭，一月以后本利四十锭一次还清……”

“啊？”周羽听得变了脸色，急忙道：“请将文契借我一观！”

“对不住，在下不敢。”张千忙将文契揣进怀中，奸笑道，“前不久一位好朋友也说是要看文契，可一抓到手，便撕得粉碎。结果还是在下代他还了员外的债……”

周羽急得大声叫：“学生我不是那等样人！”

张千道：“话虽如此说，在银钱事上，还是小心一点为妙。先生请站远了，待在下与你再念一念罢！”说罢退后几步，将那一纸文契重新从怀中取出，一字一句重念了一遍。

周羽听得如雷轰顶，呆了。半晌，他才猛地醒悟过来，大声叫：“娘子！娘子！你快出来，不好了！”

郭氏听得周羽声音有异，连忙从里屋走出来问：“怎么了？”

周羽问：“当初我与你借银文契，教你借一锭填一锭，借两锭填两锭，你可填了？”

“啊呀！这个——”郭氏连退几步回答，“奴家当时救你心切，一时忙乱，不曾填得。”

“我的天哪，祸事来了！”周羽叫苦不迭道，“不要说我埋怨你——你连这么点小事都办不了，如今两锭银子变成了二十锭，本利就是四十锭。你说，你我该如何办才好哇？”

郭氏也知道事情要紧，一时惊得脸色刷白，讷讷道：“那员外，院君，也是有钱人，怎的会做出这等伤天害理，折损阴德的事？”

“嘿嘿！你夫妻二人莫在我面前演戏。”张千在一旁冷笑道，“四十锭生银，不是小数。难道你们说没有就没有了？须知这白纸黑字是你自家写下的，到时候告状打官司，拿出来都是真凭实据。”

“掌事大哥休如此说。”周羽面红耳赤向张千解释，“若是两锭，本利四锭，到时候自然要如数偿还。如说二十锭本利四十锭，小生未借，自然就没的可还了。”

“好好好，莫说了。”张千见周羽口气很硬，将周羽拉到一边道，

“在下也知道四十锭生银你一下子没法还，以在下看，还是想想别的办法吧！在下且与你商量商量：你说，你家可有什么田园房舍，珍宝首饰，能值十两的抬作十五两，在下与你在员外面前行行方便。”

周羽道：“掌事哥休要当面笑人！我家若有田园房舍珍宝首饰变卖，何须到张员外处开口告借？”

“那就没有办法了！”张千摊开两手道，“你一贫如洗，该教在下如何是好？”他做出一副愁眉苦脸的模样，想了半天，趴到周羽耳边轻声问：

“周先生！在下有一句体己话儿说与你，不知你愿意不愿意听？”

周羽道：“掌事哥有话，但讲无妨。”

张千道：“先生与娘子在这里生受，何不搬到我家员外那里去住？先生在门前与我家员外管些账目，娘子在里面吃些安乐饭，权作当头。如何？”

“什么？教我家娘子去与人做妾？”周羽不听便罢，一听，面皮登时红到耳根，二话没说，抡起巴掌便朝张千脸上搧过去，“你须知我周羽是欠债寒儒，不是低三下四卖老婆的保庸！去！回家告诉你家员外：君子爱财，取之有道，教他休要如此伤天害理折损阴德。要知道人恶人怕天不怕，人善人欺天不欺。让他等着天罚他的那一天吧！”

郭氏也急得落泪不止道：“当初只听得他花言巧语，谁知中了他设就的毒计。天哪！早知如此，还不如拼死去做修堤伕役干净，死了也胜过吃这等冤枉!”

张千见这一对夫妇虽穷，却也不是缺乏骨气容易上圈套的孱头，一时倒慌了手脚。他捂着被周羽打得发烧的脸，退到门口虚张声势叫：“好哇周秀才！你欠债不还，还敢打我。须知我家员外不是好惹的。不好好教你吃点苦头，你不知道马王爷三只眼！你等着瞧吧，看那四十锭银子，你还不还!”说罢一溜儿烟跑回张府去了。

张敏见张千进门，开口便问：“如何？那周家的债，他认了没有?”

“不要说起，不要说起!”张千气急败坏回答，“奴才一说银子数目，他两口儿便惊呆了，一迭连声说是咱们虚填文书。奴才问得他家既无田园房屋，又无珠宝首饰。看那佳人又心如磐石，不差不移。老爷还是死了这条心吧！我看这段姻缘难成。”

“什么，难成?”张敏急了，“我差你到周家干什么去了？你倒说这姻缘难成！看你这脸上红扑扑的，莫非是喝了周家的酒，替他们来支吾应付我?”

“我的爷，还喝什么酒！喝酒能只红半边脸的么？”张千抬手指着脸道，“奴才的脸是吃周羽那厮打的！”

“什么？他敢打你？”张敏听得暴跳如雷，“我张家的狗儿也无人敢动一个指头，他姓周的莫非吃了豹子胆，倒打了我的奴才！来人！快去，与我将那周羽拿来！”

“老爷莫急，老爷莫急。”张千替张敏拿主意，“拿了周羽又有何用？依奴才看，若要将那周羽娘子弄到手，非把周羽杀了不可。”

“好主意！”张敏拍手叫好。他眼珠一转，接着问：“怎么杀？”

“奴才正在为老爷想呢！”张千翻着眼皮道，“若无缘无故把他杀了，这人命关天，牵扯上老爷，也不好看。若借他人之手杀了他，老爷根本不须动手，两袖清风，岂不最好？”

“有道理。”张敏称赞。“你如今学会用心思了。再说说该如何借他人之手杀了他？”

“这个，这个……”张千支吾了半天回答不上来。

“有了！”张敏忽然有了主意，问张千：“周羽不是被逼着上堤做伕才来借债的么？那逼周羽借债的主儿是谁？”

张千回答：“是保正黄德。”

“好！”张敏道，“先让人把黄德杀了。”

张千惊问：“为甚的要杀黄德？”

张敏道："当初不是黄德差他做伕，得他两锭银子方才免了？我如今着人杀了黄德，把尸首扔在周羽门首，再着人暗里盯着他。周羽看见尸首，一定会移尸避罪。那时叫人告到官府，这个人命怕他不认？人都知道周羽对黄德怀恨在心，挟仇报复，尸首又摆在他家门前。他就是跳进黄河，也洗不清了！那时，哈哈……"

"妙计妙计！"张千拍手叫好。"不知老爷着谁去杀黄德？"

张敏回答："除了你，还有谁？这等事，不好雇素不相识的人去办。"

张千听得吓了一跳，连忙往后退着叫："不不不，不不不，奴奴奴奴才去不得！"

"唔？"张敏瞪大了一对眼珠子。"你不去，着谁去？难道教我自己去不成？"

"奴奴奴奴才不是这意思，奴才的意思是是是找个比奴才更合适的人去。"张千结结巴巴辩解，"奴才看那养马的宋清去，比奴才合适。他心狠手辣，气力过人，杀一个黄德，毫不费事。就是脑子有点不够使。"

"你倒想得好！"张敏夸奖道。"去，即刻将宋清与我唤来！他脑子不够使更好办事！"

宋清跟在张千身后一进门，张敏便冲他一见他便开口大骂：

“宋清！你这个狗奴，怎的把我的马养瘦了？张千，取过板子来与我打这厮！”

宋清一听说要打，连忙叫屈：“奴才回爹，不是瘦了，是前天才下了一个驹儿，奴才还赶到林学士家给爹报过喜呢！爹问奴才是什么颜色，奴才回说是点子青，爹还说好好好，我正喜欢的是点子青。爹还教奴才好好养他，说养好了，要好好赏奴才呢！”

“有这等事？”张敏眯起眼睛做思索状。忽然，他的眼睛又睁大了。“宋清！”他厉声大吼，“你说，爹待你如何？”

宋清回答：“好！好！爹待奴才好！”

张敏又问：“哪些好？”

“多了！”宋清回答。“奴才吃爹的，穿爹的，老婆是爹讨的，娃儿也是爹生的……”

“好好好，别瞎扯了。知道这些就好！”张敏拦住宋清那张没遮拦的大嘴道，“你既然知道爹对你好，爹再问你，爹若有事要教你办，你去还是不去？”

“去，去，怎的不去？”宋清毫不犹豫道，“只要爹说话，就是把天偷来送给爹，奴才也敢去！”

“好，算你有本事！”张敏冷笑道，“我家诸般宝贝什么都不缺，演戏就缺一块五色天镶的大屏风，你立马替我偷一块来！”

“奴才是和爹说着玩儿的，哪能当真？”宋清手挠头皮傻笑道，“要真去偷，爹！您老人家还要给奴才一根上天梯子呢！”

张敏也被他说笑了。“哼哼，要有上天梯，我早自己去了，还犯得着要你去？——你只说，爹要事要你去办，你去不去？”

“去，去，怎的不去？”宋清立刻挺直腰板回答，“只不知爹要奴才办什么事？”

“爹要你去替爹杀一个人。”张敏附在宋清耳边低语，接着大声问，“你敢不敢去？”

“杀……杀……杀人？”宋清一听就发懵了，“这个这个，奴才从来就没有杀……杀过人。”

张敏又问：“你只说你敢不敢？”

“敢……敢……敢，怎怎的不敢！”宋清战战兢兢回答，“只不知道爹要奴才杀……杀……杀几个？”

张敏道：“杀一个。”

宋清问：“杀……杀……杀谁？”

张敏回答：“杀黄保正黄德。”

宋清问：“为……为什么杀他？”

张敏答：“这个你就不要问了。教你杀，你就杀。”

宋清道：“好好好，我杀，我杀……去哪儿杀？”

“哪儿都行，只要没人看见。”张敏向宋清仔细交代，“只是要记着一条：杀完后把他尸首扔到周羽家门首便是。”

“为何要扔到别人家门首？”宋清瞪起两只大眼，“我家杀人，倒要替别人装点门面，爹你好没志气！”

“糊涂！”张敏不等他说完便开口骂，“你难道想让爹去与他偿命？……扔到周羽家门口，这人便是他杀的。你只消躲在暗处偷偷看着，一见周羽出来移尸便大声喊：周羽杀人了！”

“噢！这一来，就得教他去坐牢偿命了。”宋清好不容易才拐过弯儿来。“好，奴才这就照爹说的去办。把黄德杀了，扔到周羽门口，再叫周羽出来搬尸首，然后大声喊叫，让众人都来看……”

“千万别叫周羽出来，你只躲在暗处看。”张敏不得不耳提面命。“你一叫周羽，他就不搬尸首了，还会说是你把尸首扔到他家门首的。那么一来，事情就麻烦了……”

“奴才明白，奴才明白！”宋清不等张敏说完便直起嗓子叫。“奴才只教众人都知道杀黄德的是周羽便是了！”

“好聪明！”张千在一旁拍手喝彩。“事情办成了，老爷一定给宋清喝几瓶好酒！”

在张敏和张千精心策划下，宋清开始在黄德家附近走动，观察黄德每天的动向。

这天见黄德久出不归，他走到黄德家门口大声叫：“黄保正在家么?”

门内有人答：“不在，去县前了。你是谁？有何事?”

宋清道：“我是宋——周羽！你告诉他，日前他差我上堤做伕，得了我两锭银子。我是特来讨银子的。他若还了我，就什么话都不说了。若不还，走着瞧，看我觑空扎他几刀!”

门内人听得害怕道：“周先生使不得，我教他快快还你就是了!”

宋清也不再说话，只躲在暗处等黄德。待黄德从远处回来，走到他面前，他突然跳出去将黄德一刀砍翻。眼见得黄德在地上抽搐挣扎得没气了，才将黄德尸体拖到周羽家门口，然后藏在暗处观察周羽动静。

却好这日周羽也出门去看一位朋友，掌灯时分才冒着纷纷扬扬的大雪赶回家来，在门口先被黄德的尸体绊了一跤。

他起初还以为是一位醉汉，爬起身抚着黄德的尸体招呼：“汉子，回去吧！天这么晚，雪这么大，你没铺没盖的躺在这儿算什么？快回家去，别着凉。”

他摸着黄德身上湿漉漉的，还以为黄德喝酒喝多吐了，又自言自语感慨道：“你这是何苦来！我周羽没得吃，饥肠辘辘，不济事，你这般有吃有喝的，又吐了出来，也不济事。咳！似这等不成材的，我还是不要管他，且让他自家在这儿躺着，躺够了再说……

“哦不对！他若久醉不醒，冻死在我家门首，我岂不跟着受牵连？还是唤我家娘子掌灯出来，与他一口热汤吃，救他一命，岂不是好？”

于是放下黄德，敲门呼唤：“娘子！开门，我回来了。”

郭氏闻声，掌灯开门。周羽先把一个小口袋递给她道：“娘子接了，这是从朋友处借得的一把小米。外面还有一件麻烦事……”

郭氏伸手正要接米袋，忽然失声惊叫：“啊呀！你怎么两手都是血？”

“啊？”周羽一惊，连忙叫：“快掌灯来我看！”

郭氏将灯递给他，他打着灯朝躺在地上的黄德照了照，忍不住叫苦连天道：“我的天！原来他被人杀死在这里，怪不得我方才扶他不动！这可怎么好？若官府知道，我周羽岂不要受牵连？”郭氏也吓得张口结舌，说不出话。

周羽看看左近无人，对郭氏道：“娘子！事到如今，没别的法儿，只好乘无人看见，将这尸首抬到别的地方去。要不，案子发了，不是要的！”

郭氏知道此事非同小可，便战战兢兢走上前来，弯下腰去打算帮助周羽抬人。宋清躲在暗处看得真切，登时跳出来大声呼叫：“周羽杀人啦，和他老婆一道移尸灭迹哩！”

这一叫不打紧，周羽两口儿被吓得魂飞魄散，扔下黄德尸体，呆呆地站在大雪之中做声不得。结果被宋清和张千唤人带到封丘县衙。

那封丘县宰是个饱食终日无所用心的糊涂官，听说本县出了人命大案，立刻喝令鸣鼓击锣，升堂问案。他只听张千和宋清争先恐后胡诌了一通发案经过，便一拍惊堂木厉声喝问：“周羽！你是读书人为何不守读书人本分，竟敢挟仇将黄德杀死？”

“老爷明断！”周羽跪在地上高声喊冤：“老爷明断！我周羽是守道曾参，并非杀人周处，岂敢平白害人性命！小生委实没有杀人，还望老爷细察冤情，笔下超生！”

“明明是你杀人害命，移尸灭迹，证人证据都在眼前，还要叫得什么冤枉！”县宰怒气冲冲朝周羽大吼，“咄！残害人命，不打不招。左右！拿出大板来，先打他二十板再说！”

衙役们应声一哄而上，将周羽掀翻在地，一五一十打将起来。周羽知道人命关天，任凭他们如何打，就是咬紧牙关不肯招供。

县宰见状，教人把郭氏双手拶起来道："你们两口儿挟仇杀人，你丈夫已经招了，你招也不招？快说！你们是怎么杀了黄德的？杀人凶器在哪里？"

郭氏忍痛咬牙哭道："他已经招了，还问奴家做什么？杀人凶器问他要，奴家根本没杀人。没有，爷爷！爷爷，没有！"

周羽见郭氏受刑，急得大叫："老爷明断！小生平日闭门读书，安分守己，小生妻室也是大门不出二门不迈，从未与任何人有过纠纷。那黄保正与我们近日无仇远日无冤，我们为何要害他性命？"

县宰问："你在杀黄德前曾到他家门首去讨银两，还声称不还你便要扎他几刀，可有此事？"

周羽道："我一大早便出门去一个朋友家借米，天黑下雪了才回家。在门首被黄德尸首绊了一跤，当时还以为是有人喝醉酒倒在当路，唤我娘子出来想喂他一点热汤，才发现是黄保正被人杀了……"

"是了，是了，本县明白了。"县宰边听边点头，"要是别人，你救他的情或许是有的。见是黄保正，想起前仇，便杀了他。如此说来也顺理成章。"

“老爷!”周羽急得叫，“小生见到黄保正，他已经死了!”

“当然死了！不死，抓你两口儿来做什么?”县宰自有成竹在胸，“你说人不是你杀的，你两口儿为什么要冒着风雪移尸灭迹？有人亲眼看见你两口儿抬着黄德尸首往没人处拖，你两口儿还有什么话说?”

周羽道：“小生见黄保正尸首在我家门首，心里害怕……”

“你既然没杀人，怕什么?”县宰忽然变了脸色，“哼！本县心中什么都明白，看你就是不想老实招供，还想把罪责推给别人。——左右！来点王法，把他也与我拶起来!”

周羽本是一文弱书生，如何受得如此酷刑？不一刻，便被折磨得死去活来，连声哀叫：“老爷饶了小生一命，小生实实受不了了，我招！我招!”

郭氏急得声泪俱下，连叫：“人命关天，相公，万万不可胡乱招。宁教他们活活打死也不吃那冤枉刀!”

可是，周羽实在忍受不了非人折磨，最后还是被屈打成招，当郭氏面在供状上含泪画了押。郭氏则被县宰命人赶出县衙。

周羽被戴上枷锁关进了死囚牢。因他无钱贿赂押狱，被押狱百般折磨，拷打凌辱，吃尽了人间苦头。这天郭氏来探监送饭，见周羽被打得浑身上下没有一块好肉，忍不住伤心得放声大哭。

“娘子！”周羽流泪对她叮咛：“看来我这番被押，是死定了。我这一死，留下你孤身一人，举目无亲，无依无靠，该怎么活？娘子！我死了，闭了眼，就什么都不知道了。你莫要惦着我，该怎么走你就怎么走吧！只要把我的尸骨收埋了，不教我做无坟孤鬼，也算不枉你我夫妻一场……”

“相公，你快别说这些了！”郭氏哭着拦住周羽道，“奴家知道你是冤枉的，你明明是受人陷害吃官司，你哪里有什么罪？你放心！只要奴家有这一条命在，就是讨吃要饭，走遍天下，也要为你申冤叫屈！”

她见押狱在一旁站着，哭着请求：“押狱哥！看在我丈夫受害受冤的份儿上，求你将他身上的绳子松一松，让奴家喂他一口饭吃。要不然，奴家只好求县老爷让奴家代他受罪了！”

押狱见他们两口儿如此可怜，也忍不住天良发现，开口问：“既然你们有此冤屈，何不到上面官府去申诉？听说新任太守老爷甚是清廉正直……”

周羽拭泪摇头道：“大哥知道我周羽穷得一无所有，受人陷害，只有一死，就是天大的冤枉，也没有人愿意听啊！”

“可你两口儿光是这样哭天抹泪也不是办法啊！”押狱替周羽出主意，“你何不请人写一张诉状，教你娘子带着去太守老爷处投诉，或许他老人家开恩，饶了你死罪也说不定。”

周羽还在犹豫不决，郭氏开口道：“押狱大哥既如此说，或许还是一条门路。我们何不死马权当活马医，豁出去试他一试呢？”

周羽想想也对，点头道：“既如此，娘子便照押狱大哥所说，找人写一纸诉状去试试吧！倘天可怜见，投诉得准，你我夫妻或许还有相见之日。”

郭氏含泪出了监狱，央人写好诉状，便带到州府衙门去投诉。那太守看过诉状，命人将郭氏唤到面前，和颜悦色问郭氏何县人氏，有何冤屈，让她照诉状所写，从实招来。

郭氏回答：“小妇人乃是封丘县秀才周羽妻室，因丈夫被人陷害入狱，判了死罪，特来找老爷申冤！”

太守问：“你丈夫周羽和保正黄德有无冤仇？”

郭氏答：“没有。他们平日甚少来往，连架都没有吵过。”

“可黄德死在你家门首，你丈夫亲口招认是他杀的。”太守两眼紧盯着郭氏，“这个你又如何解说？”

“老爷明察！”郭氏忍不住声泪俱下道，“那黄保正尸首不知什么时节被人扔到我家门首。小妇人丈夫回到门首唤小妇人开门，小妇人见他满手鲜血，问他，他吓得说了声不好，接过灯去看了，才发现是黄保正死在那里……老爷！你快刀不斩无罪人，小妇人说的句句都是实话，小妇人丈夫是生生被县宰大人喝令手下人屈打成招的。老爷你要为小妇人的丈夫申冤啊！”

太守点头沉吟许久，又问郭氏：“你这诉状中可有什么不实之情?”

郭氏断然回答：“没有，一个字也没有！要有丁点虚诈，小妇人岂敢斗胆来到州府，在太守老爷面前喊冤叫屈！那不是拿自家性命闹着玩吗?”

“唔，你这妇人倒会说话。”太守含笑点头道，“只是我还不能相信你一面之词，还要好好审看一番全案再说。”说罢吩咐：“左右！去封丘县提人犯周羽，便调所有卷宗前来重审！”

周羽被押解到州府衙门，太守一见他上堂便问：“周羽！你杀人是实，判处死刑，已经招认了，为何又教你娘子前来诉状?”

“青天大老爷！”周羽长跪在地连声喊冤，“小生本是一介书生，肩不能挑，手不能提，如何做得出杀人之事？这委实是天大冤枉，还望老爷明察！”

“既然没有杀人，为何却又招认了？”太守又问，“难道你不怕王法无情？”

周羽流泪回答：“县宰大人重刑相加，小生实实受刑不过，只得屈招成状。”

太守问：“若再重刑相加，你还会再屈招么？”

周羽低头回答：“难说。老爷知道，那些刑法，都不是小生这般柔弱书生受得了的。”

“看来，重刑之下，冤案难免啊！”太守摇头叹息道，他细细问了周羽发现黄德尸体经过，有无证人，有无凶器，如何被人送到封丘县衙，周羽一一如实作答。

太守见他谈吐文雅，所说情节又与郭氏大体相同，不禁低头沉吟：看来此生是冤枉的，不知封丘县以何为据判他死罪？好糊涂！杀人杀在自家门首，莫非是怕人不知道？

想到这里，忍不住大声吩咐：“左右！与周羽去了枷！”

周羽一听要去枷，吓了一跳，趴在地上连声求告：“使不得，老爷！使不得！”

太守问：“为何？”

周羽回答：“小生来州府之时，封丘县宰老爷曾经吩咐……”说到此处又住了口。

原来封丘县宰在放他起程时曾一再叮咛，到太守老爷面前一定要照原供词老实招供，否则日后案子再发回封丘，一定会罪加一等。临走还不放心，又专派一名心腹主簿前后照应。周羽害怕，只恐劈开枷锁罪上加罪。直到太守和颜悦色告诉他："放心，本府饶你死罪了！"周羽方才趴在地上连叩了几个响头，涕泪交流，泣不成声道："多谢青天大老爷活命之恩！"

太守接着道："不过你也有不报官府私自移尸之罪，死罪饶了，活罪却不能饶。本府看你一介书生，打算将你从轻发落，问到广南雕州为民。如何？"

"广南雕州？"周羽为难道，"那里距封丘有好几千里，小生纵能活着到达，也不知何年何月方能返回。小生家中只有荆妻孤身一人，无依无靠。小生一走，说不定再也见不上面了……求老爷高抬贵手，发配近些。"

"不可！"太守摇头，"你的案子显系冤案，案情至今没有侦破，作案之人尚未露面。倘发配在就近之处，仇人寻隙，如何是好？"

还有一条他没有说，那就是封丘县宰虽说昏庸无能，但朝中有人，不好得罪，且在当地结纳豪强，为所欲为。若知道自己将他已判死刑的重犯从轻发落，说不定还会弄出什么麻烦来。

周羽见太守如此说，也就低头不吭气了。于是，太守唤过解子张文郑重吩咐：“本府派你一个长解，将人犯周羽押送往广南雒州服刑。你且带周羽到封丘县取十两银子做盘缠，顺便到周羽家追十两烧埋银子与黄德之兄黄文以慰苦主。这场命案，就此了结了罢。往后不必再细追了。”

周羽在张文押解之下来到封丘，先进封丘县衙办过交接文书，再到家中向郭氏交代借钱付黄家烧银事宜。临行前，他流泪与郭氏告别，说：“贤妻！我今与你活活分离，不知此生还有没有再见之日。反正我是该死的人，也顾不得你的事了。我这一走，你就权当没有我这个人，该怎么，你就怎么得了。我纵在九泉之下也不怨你。”

“相公！”郭氏泣不成声道，“奴家与你同甘共苦受尽饥寒，不想今日遭此磨难。此生此世能不能再见，奴家已经不去想它了！你知道奴家已经怀有七个月身孕，是男是女，生下来只怕也是无父之儿。你放心，我的日子再艰难，也要想法把孩儿抚养成人……天哪！若不是官府管着，我肚子里又有这一块肉，奴家拼了一死也要跟着你一道去。就是死，你我也要死在一起！”

“贤妻快莫要如此说！”周羽听得更加伤心道，“看起来你我此生缘分已尽，只好来生再结不了缘了。我走后你纵然嫁人我也不管，只求你听我一句话……”

郭氏哭道：“你有话，只管说！”

周羽道：“你不是已经有七个月身孕了么？若生下女儿，就不说了。若生下男儿，便与他取名周瑞隆，一定教他长大成人，把我的终身之冤说与他知道，让他为我洗刷冤屈……”

郭氏道：“你放心走吧相公！我若不是怀这孩儿，今天便死在你面前！唉！奴家什么都不怕，就怕捱不过日后饥寒，不能教孩儿替你申冤雪恨……”

周羽不想让郭氏太伤心，勉强收起泪水叮咛：“贤妻，不必再怨天尤人了，还是想尽办法保全咱们的孩儿吧！我走后千斤重担都落在你一个人身上，你孤身一人如何度日，我都顾不上了。贤妻！事到如今，周羽没有别的话说，只谢你这些年来与我同甘共苦，从不怨嫌。倘若日后能教你我孩儿成人，我周羽便是死了，在九泉之下也会含笑瞑目的。贤妻，娘子，就此分别了！”

说罢向郭氏深施一礼，披枷戴锁，随张文走上前往雒州的漫漫长途。

张文押着周羽出得封丘城不远，便被迎面走来的张敏拉进路边一家小酒店问：“听说太守差张大解去广南公干?”

“可不是！真是活晦气。”张文愤愤不平回答，“小人原是短解，却被太守点作长解。那广南雝州少说也有三千里路，快来快去也须半年。可老爷还只与我十两银子做盘缠……”

“什么，十两?”张敏故作惊异之色道，“十两银子哪里能够?这太守老爷也真是……那周羽明明是个恶人，封丘县判了他死刑也算为当地除了一害，可太守老爷却饶了他一命不说，还偏偏差大解辛苦押送。”说着不住摇头叹息。张文听他说得入心，也跟着他连连点头。

张敏连叹了好几口气，忽然从身上掏出一把散碎银子，啪嗒一声放在张文面前道：“好兄弟！这里是十几两散碎银子，送与你一路使用。请收下!”

“这这这如何使得!”张文猛吃一惊道，“有道是无功不受禄，小人无端收受员外钱财，日后该如何归还员外?”

“为兄让你拿，兄弟你便拿着，说什么还不还的!”张敏大大方方对张文道，“这点银子，是为兄特意为兄弟做盘缠用的。兄弟日后若手紧，尽管对为兄开口便是。——哦！不知兄弟知也不知，那黄德与周羽无冤无仇，却被周羽一刀杀死了。周羽那厮面善心恶，兄弟一路要格外小心！”

“多谢员外提醒！”张文混迹江湖多年，知道张敏还有别的话要说，有意做出感激不尽的模样道，“小人吃这行饭也不是三年两年了，经见过的恶人也不止几十几百，谅他一个周羽又能如何？小人一定押他到雕州地方，讨得一纸批回回来，方见得小人本事……”

“讨批回？”张敏冷笑道，“这等辽远，为这样恶人讨一纸批回，不嫌麻烦？”

张文故作意外，先一怔，接着问：“那——依员外的意思是……”

张敏扫了蹲坐在远处墙脚的周羽一眼，毒毒做了一个手势道：“以为兄之意，把他解到半路，找个僻静地方，当头一棒敲死算了。然后再用银子买一张地头文书，就说他未到雕州中途病故，不就了结了？”

“员外所说，倒有道理。”张文故显犹豫不决状，“只是，只是人命关天，小人以往并未经过此等事，请员外容小人仔细斟酌……”

“当然，应该。”张敏接着张文的话说下去，“兄弟知道，为兄并未与周羽有任何私冤私仇，只是对他为恶乡里行凶杀人愤恨不平，

巴望兄弟能够为当地除此一害。为兄知道兄弟一向见义勇为，办事痛快，故而秉承民意，特来打搅。也知道兄弟办理此事要担干系，府中另为兄弟备有数十两银子，说不定还有地方贤良慷慨解囊，共襄此举。另外，兄弟还可放心——”他紧盯着张文两眼道，“此事内情只有你我二人知道，别人一概不知不晓。到时候，兄弟只须将地头文书展示与众人一看，便了事了。”

张文仔细斟酌了一番张敏话语，重重点了一下头，一边收起面前的银子，一边向张敏痛快答应：“员外放心，小人只照员外所说去办就是了！”

出得封丘，张文便开始留意路边状况，寻找合适地方结果周羽性命。不料沿途村陌相接，人烟集凑，一直找不到下手机会。这使张文十分恼怒。于是动不动便粗声恶骂，棍棒交加，拳打脚踢更不在话下。

可怜周羽并不知道张文已经被张敏买通，一心想要自己性命，依然忍着腹中饥饿，身上衣单，腰背疼痛，腿上棒疮，跟着张文趔趄前行。

这天多赶了几里路，不觉暮云四合，红日西坠。张文见远处山坡上有一座庙宇，便押着周羽来到庙前。原来这是一座金山大王庙。抬眼望去，只见两扇朱门上钉着几排大大的铜钉，门前护栏台阶粉刷得光亮齐整，阵阵阴风卷着纸钱纸灰扑面而来，使庙内大殿上的神像显得越发威严古怪。

张文先不觉暗暗打了一个寒噤。一向逢庙必进，逢神必拜，以求神灵庇佑的他，顾不得安顿周羽进门，先几步走到金山大王神像前跪地叩头祈祷："大王爷！弟子张文系河南开封府解子，今押解封丘县犯人周羽到广南雔州为民。大王爷！万望保佑弟子一路平安，身子康健，诸事顺遂，无灾无患！"拜罢起身，回头看时，却见那周羽早戴枷在殿前靠着门槛睡着了。张文走上前去狠狠踢了周羽几脚，破口大骂："好你个死囚，还没怎么的便管自睡了！你就不知拜拜神佛求祷平安？哼哼，不信神佛也不能狂妄到这般地步！"

周羽被从睡梦中踢醒，连忙道："是是是！大哥所说，甚为有理。待小生前去向神佛叩头！"说着起身，戴枷移动到神像面前，扑通一声跪地求告道："大王爷爷！小生周羽并未杀人行凶，却教人陷害入狱，发配广南，留怀有身孕的结发妻子在家受苦。大王爷爷！若我周羽果然杀人，天理难容，便请神明差阴兵将我即刻打死！若知我周羽果是受人陷害，蒙受冤屈，还望神明显灵，替我做主，教那为非作歹、伤天害理之人不得善终！"

“呸，死囚！”张文在一旁听得骂道，“这大王神佛乃是木雕泥塑的，又不是本府太爷，本县大爷，你告诉他，能免了你罪？太守爷将你发配广南已是法外开恩，莫非你还心中不服？哼！真真是贱坯，不识好歹！”

周羽此时又累又渴，急火攻心，忍不住顶了他一句，“不是你教我祷告神明么？我告了神道，你又来骂！”

“我就骂你了，如何？”张文像被火烧了一般跳起来叫，“你个死囚！我不骂你，谁来骂你？我看你是身上皮痒痒，又想吃棍子了！”

说着抡起水火棍劈头盖脸直打下来，直打得周羽低头连声叫：“是是是，该骂，该骂，大哥该骂！”张文方才气咻咻收了水火棍。

此时已经日落云后，暮色苍茫，殿外风声一阵紧似一阵传将进来。张文大声吩咐周羽：“时间不早，前面去不及了，今晚你我便在这庙内歇息！”

“怎么，就在这里？”周羽望了望四面暮色，暗暗吸了一口凉气，小心翼翼开口道，“大哥！这里既无灯火又无枕席，冷风嗖嗖的，怎生睡得？不如到前面村镇上，也可讨一碗热汤热水喝。”

“死囚，想得倒美！”张文又睁大眼珠子大骂，“想要热汤热水，何不待在你家舒服自在，披枷戴锁来到这里做什么？”

“是是是，大哥说得对。”周羽小心赔笑道，“小人吃苦理所应当，只是大哥一路辛苦，陪小人受罪，小人心下过意不去。”

“哼哼，你这白铁刀儿，转口倒快。”张文依旧气咻咻冷笑道，“不管你说得如何好听，老子决计不走了。睡觉，睡觉！明日还要赶路呢！”

周羽无法，只好饿着肚皮，倒头睡下。张文见他一倒头便呼呼地进入梦乡，自己却无论如何难得合眼入睡，便气呼呼推了周羽一把，骂道：“入娘的！你连领席儿也不与我铺，倒自家先死猪般躺下了。倒好像老子累了你一般。这真是只有慈悲公人，没有善心犯人……”

周羽被他推醒，一骨碌爬起来向张文道歉：“是是是，是小人没有见识，不知道是小人连累了大哥。大哥有事请吩咐，小人这里替大哥办！”

“哼！有见识，也不去杀人害命了！”张文气哼哼躺在周羽为他铺好的小竹席上，伸直两腿让周羽伺候，“来，把包袱放这儿做枕头！来，把被卷儿打开盖在我身上！来，把水火棍放我手边，以备使用……”

周羽忍气吞声，一一照办，末了退到一边小心招呼：“大哥睡吧，都妥了。”

张文道："我当然要睡！"说完闭了双眼。

突然，他又睁眼直跳起来，对周羽吼："起来！起来！先别睡！"

周羽已经坐在墙脚打开了盹儿，听到吼声连忙起身问："怎么，大哥！你要尿瓶？"

张文道："要屁的尿瓶！自古道轻囚重管，我一路辛苦疲乏，你若乘我睡熟逃跑了怎么办？我回去怎么向老爷交代？"

"咳，大哥！"周羽苦笑道，"你看小人是那样人么？再说，我这样披枷戴锁的，就是插上翅膀也难飞走啊！"

"无论如何，小心为妙。"张文说着，从身后抽出一条绳子，一步步朝周羽直逼过来。

周羽见他眼露凶光，神色有异，不禁打着寒噤小心问："大哥！你……你要干什么？"

张文回答："我要教你睡舒服些。"

周羽畏缩道："小人这样就很舒服，大哥！你不要费心了。"

张文道："不是我费心，委实是怕你跑了不好交代。来来来，让大哥给你再加一点御寒之物……"

说着几步跨上前去，将周羽的手脚捆得结结实实，又顺手扔过饭碗道："把这东西送你做枕头，便是天大人情了。"

周羽无奈，只好泪汪汪坐在地上求告："大哥！可怜见，莫再折磨小人了！眼下已经更深夜静，你好歹让我合眼睡上一个囫囵觉，天明好拼死拼活随大哥继续前行。大哥！我终究只是一个死，你就略略放宽松些，莫教我临死再落一个残疾……啊，大王爷！盼只盼你今夜与我托个好梦，教我在梦里回一趟家，见上我那贤妻一面……大王爷，你行行好，我周羽死也不会忘了你的大恩大德……"

张文眼看周羽噙着眼泪进入梦乡，放了心，这才将水火棍紧紧搂在怀里沉沉睡去。

睡梦之中，张文忽见张敏从庙门外直走进来，走到自己当面厉声责问："张文！你为何迟迟不动手把周羽杀了？难道要白白赖了我的银子？须知我不光在封丘县，在开封府也是有头有脸的人物，你若背信弃义，吃食昧食，犯在我手里有你好果子吃！"

他对张敏说这一路上村陌相连，人烟集凑，实在没有机会下手。张敏问："这深山野庙人迹罕至，眼下又是更深夜静，此时不动手何时动手?"

张文想想也是，便跳起身抡起水火棍直朝周羽脑门上劈去。

说也怪，张文的水火棍举到半空，正要往周羽的天灵盖上劈下去的时候，却像是被人从天上抓住了似的，说什么也劈不下去。更奇的是，那水火棍平日掂在手中，轻飘飘如同一根灯芯草一般，今日掂将起来，却仿佛有千斤之重。张文不知道该怎么好了。

正在这时，他忽觉捆在周羽身上的绳子，又捆在了自己身上。接着听见站在金山大王神像旁的鬼判指着自己厉声责骂：“张文！你收受贿赂，为财害命，就不怕神灵报应？那周羽受人陷害，如此可怜，你竟为十几两银子要他性命，好黑心也！”

张文听得心惊肉跳，冷汗淋漓，浑身一抖醒将过来，方才发现不过是南柯一梦。而身上衣服，已经像在水中浸过一般湿透了。

张文说什么也睡不着了。他抬头望望金山大王，只见月光之下，金山大王正目光炯炯地望着自己，仿佛在问：“张文，张文，你可知道‘人间私语，天庭若雷’？难道你以为你和张敏勾结之事哄得了神明?”

站在金山大王身旁的鬼判也张口劝他：“张文，张文，你要知道善恶到头终有报。俗话说暗室亏心，神目似电。做了任何见不得人的事，最后都会受到惩处的。你还是做做善事积点阴德吧！”

他再低头望望周羽，发现周羽在睡梦中还满面愁容，双目垂泪，似乎在默默地诉说着自己的冤屈和不幸。他不禁在心中问自己，张文，张文！这样心地善良，文弱可怜的一介书生，会去操刀行凶杀人么？他与你有何冤何仇，你要平白无故害他性命？那张敏与你何等交情，无缘无故送你银两？他的银子是好用的么？你今天将周羽害死在这里，不怕有朝一日真情暴露？那时你张文如何脱得了干系？张敏会出面替你说话么？张文，张文，你这是何苦哇！

想到此处，张文忽地浑身一激灵，扔下水火棍将周羽从睡梦中唤醒，一边解掉捆在周羽身上的绳子，一边对周羽大声道："周兄，周兄，快起来！起来走，小弟在这里做主放了你，你自己去逃一条活命吧！咳！周兄，小弟一时糊涂，几乎上别人当做出昧良心的事情来，如今醒悟了，不能再糊涂下去了。周兄，请原谅小弟这些时日的糊涂作为，小弟这一路上错待你了！"

"什么什么？"周羽以为自己在做梦。好不容易相信眼前发生的事是真的，张文确是一片真心，不禁扑通一声跪在张文面前流着热泪道："多谢大哥救命之恩！我周羽来生变牛变马，结草衔环，也要报答大哥恩情！"

"好了好了，趁周围四近没人，快走吧！"张文一边替周羽开锁卸枷，一边对周羽一句句交代。"你离开这里后一定要找一个没有熟人看见的地方，等到天下大赦了再回家去。要不，不光是小弟，只怕连太守大人都会连累……"

"我知道，我知道！"周羽忍不住一阵阵热泪涌流道，"大哥！

我这一走，一定牵连到你，如何是好？”

“这时候你心里还想着小弟，小弟以前真是错待你了！”张文被他说得心头一抖，两眼发热道，“你走你的，别管小弟。小弟干此营生不是三年两年了。你一走，我到前面或州或县讨一纸文书，说你中途病故，就了结……你可一定记着小弟的话，不逢大赦，千万不要露面。要不，小弟便会大祸临头哇！”

临走，张文又将自己一顶睡帽，一件旧袍，还有一双芒鞋送给周羽，教周羽穿戴好了好去走路，以免教人看见他满身褴褛起疑。“还有——”他接着道，“我这里还有州府县衙给的盘缠，用了一半，还剩一半，你也带了去路上花吧！”

眼见得周羽千恩万谢，挥泪辞别，清瘦的身影在月光之下渐渐走远，张文的心中略略安宁了些。他向金山大王叩头作别后步出庙门，站在月光下思虑再三，决定先在附近找个地方讨一封批回，拿着它到封丘县去找张敏讨赏。

不数日，张文来到张敏家门口求见。恰巧张敏不在家，其妻老院君问张文：“从何而来？有何贵干？”

张文回答：“小人是州府解子张文，来找员外讨点小债。”

“讨债?”老院君惊异道，“我家员外欠你何债?怎的从未听他说起?”

张文故意支吾道：“其实也不是员外借小人钱钞，是他托小人办了一件小事……”

“小事?什么小事?”老院君顿生疑窦，紧跟着追问。“是他答应办完事后与你赏钱?”

“是，是，还是夫人心下明白。”张文小心回答。

“不明白，不明白。”老院君连连摇头，“老身还不知你为我家员外办了什么事呢!”

这时张文才做出不情不愿的样子，说出张敏与他银子，托他在半道上害死周羽的经过：“好在周羽因病故世，员外和小人都没有什么干系可担，是故小人心想，这笔赏钱，员外大约还会与小人吧!”

“原来如此，老身明白了。”老院君不动声色道，“只是我家员外有事出门，不在家中，待他回来，老身一定教他带着银子前去谢你。还望大哥莫将此事教他人知道。”

张文连声回答：“那是自然，那是自然。小人多年在外奔走，这些利害，心下还是明白的。”

送走张文，老院君思前想后，越想越气。眼巴巴等到张敏回来，她劈面便向张敏道贺。张敏问："有何喜事可贺?"

老院君道："周羽死了，当然可喜可贺呀!"

"啊?"张敏心中暗惊，却故作不解反问，"周羽死了与我何干?我还不知他是得了什么病症死的呢!"

老院君道："听说是被人打死的。"

"被人打死的?"张敏放下了一条心，却又摇头叹息道："也不知是什么人如此狠心，竟然将人家活活打死……"

"哼!"老院君冷冷一笑，"杀人的心狠，我看那背后主谋的心更狠!"

"这是什么话?"张敏听得心惊肉跳，"娘子怎的知道他有主谋?"

"这个还用问?"老院君索性一语挑破，"实话告诉你，今天那解子已经打上门来向你讨债了!"

"啊呀呀，这是从何说起!"张敏仿佛被刀扎了似地直跳起来叫，"他是存心想来骗钱吃酒，才对你信口胡言的。娘子千万不要信他!"

"事到如今，什么话都莫说了。"老院君口气坚决道，"你先与我写一纸休书，教我离了你这家门，免得日后案子发了跟你受牵连!写，马上在这里与我写!"

"啊呀，这休书如何写，我还没有见过哩!"张敏支吾了一句，一溜烟逃出门外去了。

老院君紧随张敏追出大门，却见张敏在家人张千陪同下直向后街走去。远远便听到一个年轻女人在放声大哭，左一个恶人陷害右一个相公冤枉，哭得人人听了都忍不住心酸。老院君想这大约是周羽家了，便躲在无人处打算看个究竟。

只见张敏主仆二人走到周家门口站定，张敏向张千说了一句什么，张千点头，推门进屋。哭声止住了。过了一会儿，张千又走出门来，对张敏说了一句什么，张敏做了个前面带路的手势，跟在张千后面进了门。没多久，主仆二人又返身出来，张敏面带不悦，张千慌忙解说。张敏向张千交代了一句什么，张千连连点头，答应照办，主仆二人一边商量着什么一边朝着远处走去。

老院君还想再看他们去往何处，无奈他们像做贼一般走得飞快，老院君脚小追不上，只好悻悻然回家等张敏回来再与他算账。

原来张敏听说周羽已死，立时便唤张千陪着自己去周家看个究竟。远远听到郭氏哭声，主仆二人高兴道："看来这张解子所报之信是真的，郭氏已经知道周羽死了！"

听郭氏哭声越来越高，哭诉中口口声声提到生钱，心狠，害她夫妻不得团圆，张敏支使张千道：“去，进去！就说我张员外在门外要见她！”

张千进门，见郭氏止住哭声，回头到门外请张敏进去。张敏一进门便大声招呼：“周娘子！你丈夫在世，欠我许多生钱，如今他死了，只剩你孤身一人，不知娘子作何打算，有何主意？”

郭氏见张敏进门，气不打一处来，冷冷回答：“奴家丈夫新死，尸骨未冷，只能等孝满之后，再还员外。”

“那不行！”张敏蛮横无理道，“你家穷得一无所有，还说什么孝满还钱，太岁头也被你哄白了！我不管你孝满不孝满，只要你马上还我银钱！”

郭氏道：“员外知我家一无所有，硬逼，奴家也无法。只得以后慢慢设法。”

“不行！”张敏不依，“若无银钱，你马上随我走，到我家府上抵债！”

郭氏道：“我丈夫命丧天涯，我做不得孟姜女千里送寒衣，又没盘缠取他骸骨回来安葬，还有何面目随别人去？我忍饥受寒只为保全夫妻节义，你那两锭银子，我日后一定设法还你。员外你就高抬贵手，放我一条生路吧！”

“不是两锭，是二十锭，连本带利共四十锭！”张敏大吼，“这

寻亲记

笔生银，你一分一毫不能少我!”

说到此处，见郭氏抬头，他又假惺惺压低了声音，“我张某也是善心人，看你这副伤心样儿，我纵是铁石心肠也于心难忍……这么办吧！你丈夫已死，留下你孤身一人，无依无靠，不如暂且搬到我家中去住，或多或少做点营生，那些银子，再多都好商量……”

郭氏知他操心不善，又不敢轻易得罪他，便随口推托道：“员外，奴家如今怀有身孕，即将分娩。待生孩子满月之后再说。”

张敏不耐，大声道：“太长了，我等不及！我买药与你服了堕胎!”

“服药堕胎，终有一失，不是母死，便是子亡。”郭氏不慌不忙回答，“倘若服坏了奴家身子，到员外家去做得什么？不是枉费了员外一片好心?”

张敏听她说得有理，一时也想不出别的办法，只好咬牙答应：“好，好！我就等你生儿满月之后再来接你！……张千！记着，待娘子分娩之后，多送些鱼肉米面来，教娘子好好调养身子!”

说罢悻悻然与张千一道退出门来。

老院君见张敏回来，立时问他和张千到周家去做什么。张敏一怔，先说没有此事，他并不知道周羽家住何处。接着又支吾回答，说是听到周羽死了，他担心周家所欠银两拖下去不还，和张千一道上门去讨债。

老院君知他信口开河蒙骗自己，也不戳破，只教身边婢女暗暗留心他的举动，抓住他把柄再和他算账。

不久，听说郭氏已经分娩，老院君让身边婢女陪着前去探望。不想正看见张千提着米面鱼肉走进周家大门。老院君紧走几步跟了上去，只听张千一进门便大声招呼："周娘子！我家员外听说你喜生贵子，特着小人与你送来米面鱼肉贺喜，也教你好生调养调养身子！"

接着是郭氏的声音："不劳员外费心！烦张管事回报你家员外，奴家不需这些，请原物带回！"

张千道："这如何使得！既送来了，就不好再带回去。娘子须知这是我家员外一番美意，不收，员外是要怪罪小人的。"

郭氏道："你家员外的心意奴家明白，他是醉翁之意不在酒，不过想要奴家嫁与他罢了。回去告诉你家员外，他若想娶奴家，教他亲自登门来求亲！这些鱼肉米面，还是先带回去为好。"

"好好好！"张千连声答应，又提着鱼肉米面走出门来。

老院君和婢女躲过张千，正自纳闷这郭氏不知打的什么主意，只听得屋内一个老妇人的声音劝郭氏："娘子！你刚生产，他既送来了那些东西，便收他一点，有何不可？须知你和小官人都要补补身子。"

郭氏回答："赵婆婆，受不得！收了他的米面鱼肉，我身上掉下的这块肉该作何处置？我还盼着我这孩儿长大成器呢，不能给他脸上抹黑！婆婆知道那黄河也有澄清之日，我就不信我周家就没有抬头之时。他张员外这般欺心欺天，总有恶贯满盈的时候！"

老院君听了，又是钦佩又是着急，不禁在心中暗暗骂自己的丈夫，老不死的，你非要等老天报应不可！

张敏听说郭氏要自己亲自上门求亲，惊喜不置，当下便不顾张千拦阻，要去迎娶郭氏回家。

郭氏对此早有防备。她知道自己孤苦无依，身边又有未满月的孩儿，眼下只有一条路可走，那就是像传说中那些断臂剔目以守贞节的烈女那样，毁掉自己的花容月貌，彻底断了张敏那厮的狂妄之想。因此，张敏一进门，她便疾言厉色，高声发问："张员外！你平白无故闯我寡妇之门，是何居心？"

张敏正在兴头上，根本未品出郭氏话外之音，立刻忙不迭打躬作揖，兴冲冲回答：“哈哈！娘子难道还不知道？我家中筵席已经备妥，专等接娘子回去做亲！”

“做亲？”郭氏冲他冷冷一笑，“员外府上妻妾成群，少什么金钗十二，倒要娶奴家一个贫贱寡妇回去做亲？”

“咳！娘子有所不知。”张敏摇头叹气回答，“家下虽有几个贱内，怎比得娘子一貌如花！”

“原来如此！”郭氏收起脸上笑意道，“古人说漆为有用而肤裂，龟因壳贵而剐肠，奴家就因为一貌如花，才平地生出许多周折，害得我丈夫家破人亡……也罢！员外既然非娶奴家不可，且请在屋外少待，等奴家开镜梳妆一番。”

“不必不必！”张敏看着郭氏如醉如痴道，“娘子穿着身上这套衣服，便已倾城倾国，够俏丽的了！”

郭氏道：“胡说！哪有戴孝成亲之理？不怕折了员外阳寿？”说着转身在梳妆台前对镜坐了。

张敏无奈，只得退到门外去等。等一会儿，便探身进门问一句：“好了么？”郭氏总答：“没有。再等。”

“好好好，再等！再等！”张敏不得不一次又一次退了出去。

直到最后，张敏实在等不下去了，一脚跨进门大声问：“娘子！你这到底要梳妆到什么时候哇？你是不想与我成亲了还是怎么着？”

这时郭氏才缓缓站起身，转过脸来问张敏：“你是真想与奴家成亲?”

张敏回答：“想，想，怎的不想！娘子，我为想你已经多日茶饭不香，睡觉不甜了……”

“畜生!”郭氏突然破口大骂，“就为你害得奴家丈夫身陷囹圄，发配远方，惨遭横死；就为你害得奴家母子孤苦伶仃，无依无靠，饱受饥寒。你已经害得奴家家破人亡，还想娶奴家回去与你成亲。你真是人面兽心，猪狗不如！奴家若不是还有苦命孩儿，一定豁出拚得一身横死，教你知道你为非作歹，天理难容！畜生！你莫再痴心妄想了，奴家今日非教你的美梦落空不可!”说罢举起手中早就备好的一把钢刀，直朝自己粉脸上划去。眨眼间，郭氏脸上，身上，鲜血淋漓，惨不忍睹。

张敏见状，又气又急，不由得暴跳如雷，朝郭氏狂吼：“泼贱人！是我怜你口中无食，身上无衣，又看你花容月貌，倾国倾城，才好心好意来娶你做妾。谁想你竟然自剖面皮，毁掉花容，教我白非心机。你，你，你，你太不识抬举了!”

“张敏，老贼!”郭氏也不依不饶，大声回骂，“你为富不仁，为人不义，天良丧尽，禽兽不如。你以为你有几个钱钞就可在世间为所欲为么？瞎了你的狗眼！我甘心守寡，贞洁如冰，你休要癞蛤蟆吃天鹅肉，痴心妄想!”

“好，好，你守你的贞洁，守你的寡!”张敏气得浑身打抖道，“你买柴买米如同折桂购珠，有了朝餐没有夜食，还口出狂言要守贞洁！我看你那个贞洁值几个钱!”

郭氏道：“你这禽兽不如的东西，只配与猪狗为伍，哪里配说什么贞操！去，去，快出去，休得污了我这寡妇地面!”

“好好好，好好好，我走，我走!”张敏无奈，又怕再弄出一条人命来，不得不一边往门外退一边虚张声势吼叫，“你等着，看我张某想法儿来收拾你!”

听说郭氏毁容拒婚，老院君心中十分钦佩，当下便偷偷前去慰问郭氏。郭氏起初还以为她是替张敏来做说客，想要把她拒之门外。待她恳切说明来意，郭氏才忍不住叹息：“想不到张家竟有如此贤妻!”

“咳！说来惭愧。”老院君向郭氏赔礼致歉道，“都是我那猪狗不如的老东西不听劝谏，才害得你落到这般地步。他原说娘子愿意与他成亲，老身还私下埋怨娘子没有志气。如今才知道都是这老东西一派胡言！咳！周秀才家有如此贤妻，原是说不尽的福分，可惜他年纪轻轻就遭人暗算，离开了人世……”

“奴家也曾多次听人说老院君贤惠，今日方才知道传言不虚。”郭氏感激不尽道，“事已至此，奴家别的话也不说了。咳！怨只怨我丈夫已成阴间之鬼，我这苦命的孩儿无依无靠……”说着忍不住淌下泪来。

老院君也陪着郭氏一道伤心落泪。末了，她对郭氏道：“你母子二人苦度岁月，不容易呀！这都是我那老不死的害的。……娘子！我今日出来身无别物，只头上这把金钗还值几个钱，便送与你母子，权充口食……娘子不要多心，老身只是念你贫寒无依，别无他意。”

“多谢院君一片好意。”郭氏婉言谢绝道，“院君的金钗是员外送与院君的，奴家既毁容回避恶名，断然不能收受他的东西。望院君念我孩儿孤单幼小，无依无靠，可怜他，护持他，不教员外下毒手绝了周家之后，奴家就感激不尽了。”

“娘子放心，老身一定尽力！”老院君十分动情地回答，“天若可怜周家，必定保全这孩儿成人成器！”

日月如梭，光阴似箭。转眼间，周瑞隆十二岁了。

郭氏吃尽千辛万苦想要让他成人成器，无奈家贫力薄，无力送他去学堂读书。这天听说当地乡绅林学士在家中开一义学，不收学费，不分贫富远近，愿去就学者皆可入学，郭氏便领着瑞隆来到林家门首，教瑞隆进去请先生出来说话。

先生听瑞隆说“学生拜揖，家母在外守候”，立刻随他走出来问：

“夫人来此，有何见教?”

郭氏回答：“特送小儿前来就学。”

“好，好。”先生连声道，“书是我学士教，馆却是林大人开的。还须请林大人出来与他说。”

林学士被请出来，听说面前站的是周羽的孩儿，惊异道：“周维翰的公子如此大了？真想不到!”

先生问周维翰是什么人，林学士回答：“原是我辈朋友，被人陷害，远配他乡，听说不幸因病亡故了。不想令郎已长大成人。——可曾取过名字么?”

郭氏回答：“拙夫临别，替他取名瑞隆。”

“瑞隆，周瑞隆，这个名字取得好!”林学士连连称赞，“也只有维翰兄那般才学的人，才取得出这般好名字。周夫人！老夫开的是义学，来者不拒，去者不追。令郎在此，便吃我家饭，读我家书，待初一十五才能回家。夫人不必多加挂念。”

"太好了!"郭氏连忙招呼瑞隆,"孩儿,快快过来拜了长辈,先生!"说着自己先向林学士和先生行了一礼。

两人一齐拦住她道:"夫人差矣!弟子拜先生乃礼之常也,父母拜先生便担当不起了!"

"大人先生听禀!"郭氏含泪回答道,"妾身这一拜,一是求大人先生念他是无父之儿,孤苦伶仃,将他作自己孩儿看承;二是知他自幼失学,无知无识,要对他严加管教,该打则打,该骂则骂,一定教他日后成器。——孩儿,你过来!"

她让瑞隆跪在林学士和先生面前,一字一句向瑞隆叮咛:"你一定要听大人和先生的话,勤勤勉勉,辛苦读书,将来一举成名天下知,不要忘了大人和先生指点迷津,河海恩深。"

瑞隆照母亲吩咐,向林学士和先生叩头道:"请大人和先生开我愚蒙,启我茅塞,学生永远不敢有忘厚恩。"

又是几年弹指而过,瑞隆已经学富五车,出类拔萃,在封丘城小有名气。眼看三年大比即将来临,郭氏将瑞隆唤回家来道:"孩儿,大比在即,你可上京去求取功名。倘能得个一官半职,一则可继周氏家声,二则可替父母报仇雪恨,三则可报林大人和先生大恩

大德。只不知你如今学得如何？可否前去京城应考？”

“多谢母亲提醒。”瑞隆回答：“孩儿心中其实正作此想。只是——”“只是什么？”郭氏看着瑞隆问。

瑞隆低头回答：“只是一来知道家无长物，盘缠无着，二来自幼与母亲相依为命，不忍留母亲一人在家孤单……”

“这是何话？”郭氏不等瑞隆说完便沉下了脸，“难道为娘辛辛苦苦养你成人，竟是要你问寒问暖，扇凉温席不成？你放心走！为娘便是讨吃要饭，也要设法筹钱教你前去应考。你如今便收拾行囊书籍，起程进京！”

瑞隆走后，郭氏便每日依门怅望，一心一意等着瑞隆赶考消息。

这天，一位陌生汉子手执一份《登科录》来到门口高声问：“老人家！请问此处是周家么？”

郭氏应道：“是。客官找谁？”

对方回答：“找周瑞隆之母郭氏。”

郭氏道：“妾身便是。你……”

“怎么，你是……周夫人郭氏？”对方吃惊得倒退了好几步。

郭氏见对方神情有异，便接着道：“我便是瑞隆之母郭氏。不知客官究竟有何事?”

“小人是来向夫人道喜的。”对方举起手中《登科录》回答，“令郎此番大比，在京城高中第九名进士，除授吴县县尹，小人特奉太守老爷之命前来贺喜!”

“谢天谢地！我儿果真考中了!”郭氏高兴得几乎掉泪。她觉得眼前这个汉子似乎在什么地方见过，不禁问：“不知客官何方人氏，妾身怎觉得这般面善?”

“夫人忘了？小人便是当年押送周相公去广南的解子张文。”对方回答，“小人从广南回来还见过夫人一面，只是年岁久远，再见夫人也不敢相认了……”

“原来你是张文!”郭氏又惊又气，变了脸色，“你——你怎的还想到上我家门?”

“夫人听禀!”张文见郭氏脸色骤变，连忙接着道，“小人不光贺令郎高中，还带来了你家相公的消息!”

郭氏问：“我家相公已身亡多年，你早知道。今日还有什么消息带来?”

“不不不，夫人有所不知。”张文向郭氏解释，“其实当年周相公未死，被小人放他走了……”

“啊?”郭氏惊得几乎站起身来，“此话当真?”

张文回答：“当真，当真。小人不敢哄骗夫人。”

郭氏又问：“如此说来，你当年登门报丧是假？”

“是假，是假。”张文一迭连声回答，接着细细讲了他当年放走周羽的经过，末了解释：“小人当时也怕消息走漏，于是只好假戏真唱。不瞒夫人：小人当年不光在夫人处登门报丧，还到张员外家中讹了他一笔赏钱呢！”

“有这等事！”郭氏仍然半信半疑，“如此说来，我家相公……他真还活着？”

“这个小人就不知道了。”张文老实回答，“小人是在鄂州地面放周先生走的，当时和周先生约好，不逢大赦，千万不可泄露行迹。看来周先生是信守诺言的，不愧为仁人君子……”

“老天爷！他信守诺言，可苦了我母子二人了！”郭氏情不自禁打断张文的话道，“若先生所说都是真的，我家相公便是死了，我们母子也要感戴先生活命之恩！——唉！这么多年了，谁知他到底是死是活？你这桩喜事，倒教妾身凭空添出一段忧愁来！”

“这有何难？”张文为她出主意，“如今令郎高中，又逢天下大赦，待他荣归，着他前往鄂州寻找老相公不就是了？”

“倒也是！”郭氏听得转忧为喜，“小儿回来，务要前去登门拜谢！”

不数日，瑞隆从京城衣锦荣归，进门先向郭氏行礼。郭氏拦住他道："莫拜娘，先去拜了你那苦命的爹爹！"

瑞隆听得发怔道："娘！孩儿在怀抱时便没了父亲，如今哪里去拜他？"

"娘教你拜，你便拜！"郭氏忍不住声泪俱下道，"你爹爹他当年没死，也许如今还活着……"

见瑞隆依然满面愕然，她才含泪讲了当年周羽因修筑河堤举债，遭张敏陷害，自己后来又被张敏逼婚，举刀毁容的经过。"孩儿，你看！"她指着自己脸上的伤疤道，"这刀痕，便是当年留下来的。这是为娘的最伤心处啊！"

"娘，我苦命的娘！"瑞隆听得扑通一声跪在郭氏面前放声大哭道，"娘二十年受苦孩儿不知不晓，孩儿犯了逆天大罪！娘！恨只恨张敏那厮作恶多端，天理难容，孩儿誓与他不共戴天！孩儿如今便拼了不做这官，也非杀了他为爹爹报仇不可！"

"休得胡来！"郭氏收泪训斥瑞隆，"你若去报仇，必犯落王法。难道为娘含辛茹苦二十年，就是教你去杀张敏这个恶人去做囚犯？"

瑞隆愕然："那依母亲所说，孩儿该如何办才好？"

郭氏告诉他："听解子张文说，他当年在鄂州地面放了你父，你父便在当地隐居。两人约好不逢大赦不露行迹，张文为掩人耳目还故意来咱家登门报丧，且去张家当面讨赏……"

"原来如此！"瑞隆听得又惊又喜，"如此说来，爹爹至今仍然活着。孩儿如今便告官假，前往鄂州寻找他老人家！"

"为娘心中正作此想。"郭氏拭泪对瑞隆道，"你要知道那张敏在封丘广有羽翼，在上面还有靠山，你一个小小县尹，奈何不了他。只能等恶贯满盈了，自有人来惩治他。当务之急，倒是先设法寻到你的爹爹。"

"娘说得对。"瑞隆连连点头道，"只不知爹爹他是何模样？"

这一问，郭氏忍不住又泪下如雨。许久，才让瑞隆站在镜子面前，告诉他："孩儿，你看！你爹爹就是你这般模样。他身材瘦削，容貌清癯，白脸微须，鼻直目秀。平日在家，宽衣博带，举止斯文，全是一副书生气度。唉！如今流落异乡二十年，谁知道变成什么样了！"说着又忍不住伤起心来。

"听娘所说，爹爹竟与孩儿一般相似！"瑞隆看着镜中自己的影像道。"娘！倘若路上乍然相逢，孩儿想或许还能认出。愁只愁他寄居深院，无法寻觅。还有，纵然寻到，他与孩儿并未见过一面，孩儿该如何向他说明根由？"

“这个好办。”郭氏拭去脸上泪水教瑞隆，“不管他是栖身店肆，寄居门馆，抑或酒楼茶坊，寺院宫观，你只须逢人下礼，小心动问，打听当年被发配往广南雕州的周羽周维翰便是了。孩儿！只巴望你爹爹他还在人世。就是不在了，你也一定找到他的尸骨回来，教他叶落归根。”

“娘放心。”瑞隆道，“孩儿此去，无论行医卖卦，刺血写经，还是化妆化缘，讨吃要饭，都要找到爹爹，全家团圆。只是孩儿一走，不知何时才能回转，留母亲孤身一人在家，委实放心不下。”

“这个孩儿不必操心。”郭氏道，“你去之后，有人问起，为娘就说你赴任去了。待为娘与你爹爹写一封信，你见到你爹爹，也可作为凭据……”

话说那周羽当年被张文在金山大王庙释放之后，因未遇恩赦，不敢回乡，只在鄂州地面沿街乞讨，胡乱度日。后来在一家姓李的财主家教授几个蒙童，光景才算安定下来。

一晃便是二十年过去。这年闻知朝廷大赦，周羽连忙辞别李员外回家探望妻子郭氏。李员外送他十两白金做盘缠，他则将自己多年所作诗词《台卿集》一册留与李员外为念。因为多少上了几岁年纪，周羽在路上行走甚慢，一日也不过三五十里。这日来到一家客栈，因为客满，被安置进一间已经住了一位客人的客房之中。

那位早到一步的客人是位书生。

周羽累了，一进客房便打算睡觉。不料那书生却在灯下捧着一本书，呢呢喃喃吟诵不休。周羽听得不耐烦，斜过脸去指责道："你这位小哥好不识时务！人家行路辛苦，想安安宁宁睡觉，你却在那里絮絮叨叨没完没了。难道你不知道食不言寝不语的道理？"

"哦！对不住，对不住，是小生错了！"那书生赔笑向他道歉，"老先生既然困乏，便请安心睡觉，小生不再读便是了。"

周羽也不多话，自去睡了。过了一会儿，又被那书生的轻声吟诵声惊醒，吟的似乎是自己的一首诗，周羽心中颇觉惊奇，然终究太累，还是迷迷糊糊睡着了。

半夜醒来，发现那书生已经熟睡，床前灯却亮着，手中仍捧着那一本诗书。他想到那书生讲话时一口地道河南口音，忍不住爬起身，走到那书生跟前看了一看。

这一看，惊得他几乎叫出声来——原来那书生手中捧的，正是自己留给李员外的《台卿集》！再细细看了看那书生的相貌，发现不论长相、神气，都与自己的妻子郭氏十分相似。

天下竟有如此奇事!他说什么也睡不着了。于是，背起双手，心事重重地在房内踱起步来。

这次是书生被惊醒了。他睁开双眼，颇为不平地用周羽自己的话责备周羽："您这老先生也太不识时务了。半夜三更不睡觉，来来回回走个不住，把人家的好梦都打断了。你不是说过食不言寝不语么?"

"小客官莫怪，小客官莫怪。"周羽满脸赔笑凑上前去道，"我方才听小客官说话好像是河南开封府口音，故而才敢前来冒犯。"

"不错，小生正是开封府人。"书生面露惊异之色回答，"老先生到过开封府?"

周羽答："老夫寒舍是开封封丘。"

"巧了，小生家乡也是开封封丘!"书生惊喜得坐起了身，"这可真是他乡遇乡亲，不亲也觉亲。——老先生请坐过来说话!"

"好，好。"周羽边说边轻轻坐到书生床前，面对书生问："小客官这是要往何处去?"

书生回答："回家。一路无伴，正好与老先生同行。——不知老先生高姓?"

周羽回答："姓周，名羽，字维翰。"

"啊?"书生一惊，接着问："老先生府上还有何人?"

周羽顿了一顿，叹气回答："妻子郭氏，临别之时身怀有孕，也不知如今情形如何……"

“那么——”书生问，“您老离家多少时日了?”

周羽回答：“二十年。”

“啊！原来您便是爹爹!”那书生从床上一跃而起，扑通跪在周羽面前叫道：“爹爹！请恕孩儿不孝之罪!”

这一来，倒把周羽吓了一跳。他情不自禁站起身来倒退几步，张口结舌对书生道：“小相公，你……你怕是认错人了罢？老夫家中并没有孩儿。”

书生两眼落泪道：“爹爹不知，孩儿正是爹爹背生儿瑞隆，奉母亲之命前往鄂州寻找爹爹。您看，孩儿身上还带着母亲亲笔书信……”说着打开行囊，取出书信给周羽看。

周羽抖着双手捧过书信，一见到郭氏娟秀熟悉的笔迹，先忍不住热泪滂沱。信未读完，便一把将书生抱在怀里大哭道：“瑞隆，我的儿!”瑞隆也说不出话，与周羽紧抱在一起哭作一团。

周羽问瑞隆：“这么多年，你与你娘如何过活?”瑞隆说了一句：“一言难尽!”又哭了。

直到周羽也陪他哭了好半天，他才强忍泪水，断断续续讲了周羽走后张敏逼婚，母亲毁容，含辛茹苦抚养自己成人的经过。

周羽听得流泪不止道：“是为父无德，害你母子如此受苦。”

瑞隆道：“都是张敏那厮害的。孩儿回去，一定要设法为父亲和母亲申冤报仇!”

周羽问：“为父那册《台卿集》，是留与李员外为念的，如何到得我儿手中?”

“说来也巧。”瑞隆回答，“孩儿在鄂州城刺血写经，筹钱寻父，被李员外看见，唤到他家中询问。那时才知道爹爹在他家坐馆多年，听到大赦信息才回家去。他担心孩儿遇见爹爹没有凭据，将爹爹诗帖送与孩儿，孩儿读到其中许多感遇篇章，便情不自禁，和泪吟诵……”

“这真是无巧不成书!”周羽听得破涕为笑道，“看来你我父子在此相遇，也是天公作美啊!”

次日一早，父子二人相随回家。

不数日来到开封地面，只听人们纷纷传说新任知府范大人严惩贪官封丘县宰和恶霸张员外之事。一经打问，才知道新任知府乃是有名的清官范仲淹，张员外便是恶名昭著的张敏。原来范仲淹早就得知开封地面俗风不正，土豪劣绅仗势欺人，为非作歹。因此一到开封，便扮作客商，漫步市井访察民情。

这日正在封丘茶馆饮茶，忽见张敏由一众家丁前呼后拥闯将进

来。众人见了，纷纷走避，范仲淹却端坐那里若无其事。

张敏气势汹汹走到范仲淹面前喝问："见本员外为何不避?"范仲淹反问："车行车辙，马走马道，我为何要避你?"

张敏破口大骂："你这狗才!你知道你面前站的是谁？你知不知道我是封丘有名的张敏张员外？知不知道本县县宰，开封府知府范大人见我都要让我一筹?"

范仲淹笑问："张员外认识范大人?"张敏回答："岂止认识!范大人一到便请我去府上吃酒，席间向我索求玉带，我当时便送了他三条!他还说他不日要来封丘，我已派人接他去了……"

"是么?"范仲淹故作惊异之色道，"在下便是范仲淹，怎么从来没有见过你?"

"什么，你？你竟然敢冒充范大人!"张敏高声狂叫道，"你穷疯了，竟来冒充范大人!——宋清!来，唤几名家丁过来，将这厮与我捆回家中，投到水牢里泡起来!"

范仲淹仍坐在那里一动不动。待宋清领着一干家丁来到面前，七手八脚正要动粗，范仲淹突然拍案而起，怒喝一声："衙役何在?"一群衙役应声而出，将张敏、宋清及一干家丁一齐捆了个结实。

那张敏被范仲淹带到府衙，还不知死活，在范仲淹升堂审问之时竟然有问必答，将他平日仗势欺人，为非作歹，私设牢狱，杀人害命，巧取豪夺，鱼肉乡民的种种劣迹，尽数抖出，毫不隐讳。

范仲淹问他："你如此胡作非为，难道不惧王法么？"

"哈哈！王法！"张敏满不在乎道，"如今大赦，还讲甚的王法！纵然有罪，你范大人也奈何不得我了！"

"好一个顽劣刁民！"范仲淹切齿痛恨道，"你草菅人命，十恶不赦，今日休想再逍遥法外！——来人！将张敏这厮上枷打入死囚牢，待本府申报朝廷候旨发落。将张敏家财尽行抄没，尽数散与受害之人！"

封丘县宰因长期纵容张敏行凶作恶，渎职合污，不可宽贷，亦被范仲淹革职查办。

周羽父子听说此事，连连拍手称快。回家见到郭氏，少不得抱头痛哭一场。周羽向郭氏施礼感谢道："娘子守节，教子成名，周羽这厢感激不尽！"

郭氏道："想起当年夫妻分别，只道难有相见之日，谁知今日又得团圆。你我真得好好感谢苍天才是！"

此事后来被范仲淹知道，上报朝廷，对周羽一家大加封赏。周瑞隆被圣上下旨破格晋升为苏州知府，周羽授封丘县尹，郭氏被册封为贞洁宜人。张敏作恶多端，本当处斩，然朝廷既已下旨大赦，也就宽大为怀，姑免其死，远配万里之外为民。

附评

冤狱重重寻亲记

《寻亲记》的重点不是寻亲的过程和结果，而是寻亲的原因。寻亲，不过是附在整部悲剧后面的一道光明尾巴。所以，将剧名改为“周羽夫妇历劫记”似乎更为贴切。如果要将本剧改编成电影电视，则应采取倒叙手法，从儿子周瑞隆巡抚开始，最后以父子在客栈喜剧式相逢结束。但也很难化解笼罩全剧的、沉重得让人喘不过气来的悲剧气氛。

秀才周羽被地方恶霸张员外陷害与妻子生离死别，流落外州二十年，而妻子郭氏为替丈夫申冤叫屈历尽艰辛，为保护初生儿子周瑞隆不惜操刀毁容，又为培养周瑞隆成人受尽苦楚。剧作者调动各种手段、利用各种场景，将书生周羽的诚实无奈、妻子郭氏的忠贞刚烈、恶霸张敏的心狠手辣及其妻老院君的明智大度，刻画得淋漓尽致，生动感人。

周妻郭氏，是一个塑造得光彩照人的女性形象。她通情达理，知道借钱要先找张敏之妻“老院君”，又天真纯朴，借到银子后竟“忙乱”得忘了填写锭数；觉察到上当受骗，她和丈夫一样心慌意乱；发现黄德尸体，她又和周羽一道“移尸灭赃”。但在公堂之上，她“宁教他们活活打死也不吃那冤枉刀”，面对酷刑不屈不服；周羽被判处死刑之后她四处奔走，多方营救；在恶棍张敏面前，她先以临盆生产和孩子满月为由拖延时日，接着在张敏“迎娶”之时操刀毁容，不仅绝了张敏之望，而且保护了小瑞隆的安全；培养儿子成才后又教子寻夫，则充分体现她母性和妻性的伟大。这样的形象，与那些谨守封建礼教、遵奉三从四德的“贞妇”形象迥然不同。这在中国古典戏剧作品中是十分少见的。

原剧因题为《寻亲记》，而“戏肉”又是周羽夫妇遇劫经历，故而情节结构略显松散，我们在改写过程中作了一些必要的调整和增删，但基本情节没有改变。